SPRICH NICHTS BÖSES

ALPHA WÄCHTER, BUCH 3

KAYLA GABRIEL

Veröffentlicht von Kayla Gabriel als KSA Publishing Consultants, Inc.
Gabriel, Kayla: Sprich nichts Böses

Coverdesign: Kayla Gabriel
Foto/Bildnachweis: Depositphotos: petersen

Anmerkung des Verlegers: Dieses Buch ist *ausschließlich für erwachsene Leser*
bestimmt. Sexuelle Aktivitäten, wie das Hintern versohlen, die in diesem
Buch vorkommen, sind reine Fantasien, die für Erwachsene gedacht sind
und die weder von der Autorin noch vom Herausgeber befürwortet oder
ermutigt werden.

SCHNAPP DIR EIN KOSTENLOSES BUCH!

MELDE DICH FÜR MEINEN NEWSLETTER AN UND ERFAHRE ALS ERSTE(R) VON NEUEN VERÖFFENTLICHUNGEN, KOSTENLOSEN BÜCHERN, RABATTAKTIONEN UND ANDEREN GEWINNSPIELEN.

kostenloseparanormaleromantik.com

Dominic „Pere Mal" Malveaux stand am *End of The World*, der dramatischen Stelle, an der die Uferlinie New Orleans direkt geradeaus führte, ehe sie sanft hinab zum Mississippi abfiel, und sann über die Ereignisse der vergangenen Monate nach. Diese Stelle war besonders beliebt bei den Einheimischen, da es ein Ort war, von dem aus man direkt ins Wasser laufen konnte. Ein guter Platz, um beispielsweise den Tag zu verbringen oder die Schönheit der Küste Louisianas zu bewundern.

Oder um über die eigenen Fehler und Erfolge nachzudenken, wie er es gerade tat.

Pere Mal strich mit den Händen über die Vorderseite seines Anzuges und ignorierte, wie die salzige, feuchte Brise um ihn wirbelte. Er holte tief Luft und beobachtete, wie ein Schleppboot ein Schiff den Fluss hinabführte. Einen Augenblick verspürte er einen merkwürdigen Anflug von Eifersucht auf das Schiff. Er wollte auch diese Art der Führung, brauchte sie. Wieder und wieder hatte er die Geister seiner Ahnen heraufbeschworen, die normalerweise ein gesprächiger Haufen waren.

Aber jetzt… nicht ein Piep. Seit jener Nacht, dem Desaster auf dem St. Louis Friedhof I, schwiegen seine Vorfahren. Als er sie heraufbeschworen hatte, hatte er sie zwar spüren können und gewusst, dass sie anwesend waren, aber sie hatten ihm nichts verraten. Keinen Ratschlag gegeben, keine Blicke in die Zukunft oder Vergangenheit gewährt. Nicht die geringste Hilfe, nur stoischer Gleichmut.

Wie es schien, hatten die Alpha Wächter Pere Mal nicht nur das Erste und Zweite Licht entrissen, sondern ihn auch noch in den Augen seiner Ahnen herabgewürdigt. Pere Mals Hände ballten sich zu Fäusten, während er über den Fluss schaute und darum rang, die Beherrschung nicht zu verlieren.

Er wollte nichts lieber tun, als um sich zu schlagen, die lästigen Bärengestaltwandler anzugreifen und ihr stark geschütztes Gemeinschaftshaus niederzubrennen. Aber nein, das würde er nicht tun. Er brauchte das Erste und Zweite Licht nach wie vor, irgendwann. Fürs Erste würde er sich zurücklehnen müssen, damit sie sich in Sicherheit wogen und ihre Sicherheitsmaßnahmen vernachlässigten.

Fürs Erste musste er den Wächtern auf subtilere Weise schaden. Die zwei Wächter, die mit dem Ersten und Zweiten Licht verbunden waren, versteckten ihre Gefährtinnen sicher hinter Schloss und Riegel. Es gab keinen leichten Weg, um diese Verteidigungswälle niederzureißen. Der dritte Wächter war unauffindbar… eine unglückselige Sache, da Pere Mal Berge versetzen würde, um einen lebenden, atmenden Drachen in die Finger zu bekommen. Selbst wenn sich die Kreatur niemals seinem Willen beugen würde, könnte er doch Unmengen an Geld durch den Verkauf seines Blutes, Zähne und Schuppen verdienen.

Also blieb nur der vierte Wächter, auch wenn sich Pere Mal unsicher war, ob seine Mitgliedschaft schon offiziell war. Zum Glück hatte Pere Mal den Neuling kommen sehen und einen Plan ersonnen, um sicherzustellen, dass der Gestaltwandler nicht mehr lange ein Problem sein würde.

Nachdem er sein Handy aus seiner Tasche gezogen hatte, scrollte er durch seine Kontaktliste und drückte auf Anrufen.

„Monsieur", erklang sofort die Antwort des Mannes, dessen starker deutscher Akzent seine Worte verlangsamte. „Wie kann ich Ihnen zu Diensten sein?"

„Du hast das Mädchen noch, über das wir zuvor sprachen, richtig?", erkundigte sich Pere Mal.

„*Ja*, natürlich."

„Sie muss zu einem Wohnhaus an der Esplanade geliefert werden."

Es entstand eine Pause.

„Ich verstehe nicht", erwiderte der Mann.

„Ich werde dir eine Adresse texten. Ich möchte, dass sie im Vorgarten abgesetzt wird, so auffällig wie möglich."

„Monsieur, Sie haben vor, sie freizulassen? Sie könnte die ganze Stadt mit einem Gedanken dem Erdboden gleichmachen, wenn die Bedingungen stimmen."

Pere Mal verzog ärgerlich das Gesicht.

„Das wird nicht passieren. Sie befindet sich momentan in einer Ruhephase und ist für mich nutzlos, bis sie… lass uns sagen, *aktiviert* wird. Damit das geschieht, musst du aufhören, Fragen zu stellen und meine Wünsche ausführen."

„Natürlich, Sir."

„Sobald ich die Bestätigung erhalten habe, dass sie abgeliefert wurde, werde ich dir die Bezahlung zukommen lassen, wie wir es besprochen haben", sagte Pere Mal, der bereits das Interesse verlor.

„Sir, wenn ich −"

Pere Mal beendete den Anruf und schob das Handy wieder in seine Anzugtasche. Während er über das Wasser schaute, fühlte er sich zum ersten Mal seit Tagen zufrieden.

Bald wären die Tage, an denen er vor seinen Ahnen zu Kreuze kroch und nach mehr Macht und Einfluss bettelte, vorbei.

Alles, was er brauchte, war ein kleines Druckmittel und das hatte er gerade in die Wege geleitet. Sich vom Fluss abwendend schmunzelte Pere Mal.

Tout vient à point à qui sait attendre.

Gut Ding braucht Weile, *n'est-ce pas?* Gut Ding braucht Weile.

2

Wenn die Zeremonie heute Nacht abgehalten werden sollte, dann rannte ihnen so langsam die Zeit davon. Asher Ellison sah auf seine Armbanduhr und stellte fest, dass es 23:43 war. Noch siebzehn Minuten bis Mitternacht in dieser Vollmondnacht. Siebzehn Minuten, um sein Schicksal für die absehbare Zukunft zu entscheiden, ob er sich dem paranormalen Schutz New Orleans verschreiben sollte. Oder vielleicht auch nicht.

„Wir wissen nichts über Asher. Kein Wissen, keine Kontrolle. Das ist nicht die Art und Weise, mit der ich meine Operationen führen möchte." Rhys Macaulay verschränkte die Arme und baute sich breitbeinig auf, eine typische Zurschaustellung von Dominanz. Rhys war die lehrbuchmäßige Version eines Bärengestaltwandlers: groß, muskulös und mehr als ein wenig aggressiv, wenn er es für notwendig hielt. Asher beneidete Rhys' Gegner nicht um diesen Kampf.

„Wir können nicht mehr auf Aeric warten. Es sind drei Monate vergangen. Wir wissen nicht, wann er zurückkommen wird, falls überhaupt jemals… und ich für meinen

Teil hege nicht die Absicht, einen Drachen dazu zu zwingen, etwas gegen seinen Willen zu tun", schoss Mere Marie zurück und starrte zu dem riesigen rothaarigen Krieger hoch, der in abweisender Haltung vor ihr stand. Helles Mondlicht strahlte auf den Garten und beleuchtete die Szene. Die Hexenstunde hatte beinahe geschlagen, weshalb es fast an der Zeit für den Beginn der Zeremonie war.

Asher befand sich beinahe hundert Meter entfernt und beobachtete die temperamentvolle kleine Voodookönigin beim Streit mit dem Anführer der Wächter, Rhys Macaulay. Trotz der Entfernung konnte er so gut wie jedes Wort des Gesprächs verstehen. In seinem vorherigen Job war Lippenlesen eine unverzichtbare Fähigkeit gewesen. Es tat gut zu wissen, dass er seinen Schneid nicht verloren hatte, seit er den Militärgeheimdienst verlassen hatte.

Nun, er hatte ihn weniger verlassen, sondern war viel eher dutzende Male beschossen worden. Es war so schlimm gewesen, dass er gezwungen gewesen war, seinen Tod vorzutäuschen, damit die Marines nicht bemerkten, was für eine Art schlagkräftige Waffe sie zur Verfügung hatten. Die Vorstellung, dass das Militär von Gestaltwandlern erfuhr und sie dann irgendwie zu ihrer Waffe machte... Selbst Asher lief es bei dieser Vorstellung eiskalt über den Rücken und nichts in der Welt ließ ihn jemals in Angstschweiß ausbrechen.

Er war aus Stein, innen und außen, durch und durch, genau das, wozu ihn die Ausbildung gemacht hatte. Seine ehemaligen Chefs sollten sehr stolz auf ihn sein.

Er stand direkt hinter der Fensterfront und den Glastüren, die vom gemeinschaftlichen Wohnbereich im Erdgeschoss des Herrenhauses hinaus zum Garten führten, und wartete. Wartete darauf, dass sich Rhys und Mere Marie einig wurden, wartete darauf, dass Gabriel kam.

Asher wartete sehr viel. Er hatte sich selbst antrainiert, sich während Kampf- oder Gesprächspausen in sein Inneres zurückzuziehen und diese Ruhephasen zum Analysieren und Planen zu nutzen. Dieses laute Streitgespräch zwischen Mere Marie und Rhys dauerte bereits über zwanzig Minuten an und ohne Gabriel konnte sowieso nichts unternommen werden.

Während Asher den Streit draußen beobachtete, ging er gedanklich alle möglichen Resultate der Auseinandersetzung durch. Duverjay, der Butler des Herrenhauses, schaltete das Licht in der Küche an. Plötzlich verschwand Ashers Blick auf den Streit draußen und wurde von seinem eigenen Spiegelbild ersetzt. Dunkles, kurz rasiertes Haar, das an den Schläfen allmählich ergraute, dunkle Augenbrauen, die sich über fast schwarzen Augen wölbten, ein breiter, voller Mund und dick gewölbte Muskeln von Kopf bis Fuß. Sein Körper war eine fein geschliffene Waffe, sein Verstand schärfer als das tödlichste Messer und dennoch…

Sein Spiegelbild zeigte, dass ihm etwas Kopfzerbrechen bereitete. Ein Anflug von Erschöpfung, so viel war normal. Aber da war auch etwas Dunkleres, ein Schatten, der überraschender hätte sein sollen. Es war nichts Spezifisches, eher ein Mangel von etwas… Asher musste sich eingestehen, dass es, was auch immer es war, seit Jahren wuchs. Seit –

„Sie sind immer noch am Streiten, was?" Gabriels Stimme schreckte Asher aus seiner Grübelei. Der große, dunkelhaarige Brite tauchte neben Asher auf und kniff die Augen zusammen, während er nach draußen spähte. Er trug noch immer seine Patrouille-Uniform, schwarze Hose und ein schwarzes T-Shirt unter einer schweren kugelsicheren Weste. Sein Schwert und Feuerwaffen fehlten, aber er trug eine schwarze Tasche bei sich.

„Ja. Es wirkt allerdings, als hätte Rhys nachgegeben", meinte Asher.

„Super. Jetzt, da das geklärt ist", sagte Gabriel, griff in seine Tasche und zog ein Bündel aus schimmerndem schwarzem Samt hervor. Er stieß das Bündel Asher vor die

Brust. „Fass den Dolch nicht an, bis ich es dir sage, außer dir gefällt die Vorstellung, ein paar Finger zu verlieren."

Asher nahm die eingewickelte Waffe behutsam entgegen und folgte Gabriel, der hinaus in den Garten marschierte. Asher zögerte einen ganz kurzen Moment, während dem er die winzige Stimme zum Verstummen brachte, die dagegen protestierte, dass er den Wächtern ein so lang andauerndes Versprechen machte. Seine Phobie vor einer festen Verpflichtung war nichts Neues und er hatte sich bereits für diesen Weg entschieden.

Wenn Asher Ellison einmal eine Entscheidung gefällt hatte, dann blieb er dieser auch treu. Das war ein Grundsatz seiner Persönlichkeit, etwas, das ihm dabei geholfen hatte, einige der schwierigsten Momente in seinem Leben durchzustehen. Er überdachte oder grübelte oder zauderte nicht, er entschied sich für einen Pfad und folgte diesem bis zum bitteren Ende. Ohne Ausnahme.

Mit mahlendem Kiefer lief Asher hinaus in den Garten und ließ seine Befürchtungen vom Mondlicht fortspülen.

3

Etwas stimmte ganz und gar nicht mit Kira Hudson. Dessen war sie sich sicher. In einem metallenen Klappstuhl zusammengesackt, unter dem einzigen Fenster in dem dunklen, feuchten Keller kauernd, starrte sie auf ihre Hände. Sie waren jetzt vor ihr gefesselt und das Klebeband scheuerte ihre Handgelenke auf. Die neue Wache hatte ihr klipp und klar gesagt, dass jeder Fluchtversuch in einer sehr schmerzhaften Bestrafung resultieren würde und dass es ohnehin zwecklos war.

Kira war vor vier Tagen in Baton Rouge von der Straße entführt worden… oder waren es mittlerweile fünf? Jedenfalls war der dürre, bleiche Meth-Junkie, der sie momentan bewachte, ihr Favorit unter den Männern, die bisher diesen Posten innegehabt hatten. Dieser war viel zu stark weggetreten, um sich für viel zu interessieren, und Kira erhielt nicht mehr als ab und zu einen Blick, solange sie sich ruhig verhielt.

In Anbetracht dessen, dass sie nur ein dünnes weißes Top und einen langen smaragdgrünen Rock trug, der während ihrer Gefangenschaft mehrere Risse abbekommen hatte, war sie geneigt, den Meth-Junkie der ersten Wache vorzuziehen. Die erste Wache hatte sie wie ein saftiges Stück Fleisch angestarrt, über seine Lippen geleckt und den halben Tag gegrinst. Allein der Gedanke an ihn ließ sie erschaudern.

Ihr Kiefer verspannte sich, als sie darüber nachdachte. Das war natürlich genau das, was sie wollten. Sie einschüchtern, sie ruhigstellen. Die Geschichte von Kiras vermaledeitem Leben. Sie war immer zu *irgendetwas* für *irgendjemand*. Zu frech, zu ungeduldig. Zum Kuckuck, zu vollschlank. Den Kommentar hatte sie damals in ihrer Heimatstadt zur Genüge gehört. Union City war ein kleiner Ort voller Kleingeister und die Kerle in Kiras Alter waren alle hinter den blonden Cheerleaderinnen her gewesen.

Kiras Augen fielen zu und schlossen das Elend ihrer Gefangenschaft aus. Stattdessen reflektierte sie ihr Liebesleben in dem Versuch, ihren Sinn für Humor zu bewahren trotz der furchteinflößenden Situation, in der sie sich befand.

Baton Rouge war größer und etwas besser, aber Kira hatte recht schnell entdeckt, dass die Kerle dort nicht viel besser waren. Sie mochten zwar an großen Trucks und großen Titten interessiert sein, aber Mädchen mit einer Figur, wie sie Kira hatte, wollten sie auch nicht länger als für einen One-Night-Stand.

Kira hatte diese Kerle eine Weile ausprobiert und sie für unbefriedigend befunden. Es war wirklich eine Schande, Kiras Meinung nach. Sie mochte ihre großen Brüste und Hüften und Hintern. Sie sah in einem engen Paar Bootcut Jeans verdammt gut aus. Wenn die Kerle in Baton Rouge mit ihr geflirtet hatten, war sie auf deren Flirt eingegangen und hatte versucht, ihre oberflächliche Aufmerksamkeit als das zu würdigen, was sie war. In der Zwischenzeit hatte sie gewartet auf...

Tja, das war hier die Frage, oder nicht? Kira hatte

gewartet und gewartet und versucht herauszufinden, was in ihrem Leben fehlte. Als es nie aufgetaucht war, hatte sie von ihrem Verdienst als Barkeeperin Geld beiseitegelegt und ein One-Way-Ticket nach Singapur gekauft.

Bitterkeit legte sich bei diesem Gedanken auf ihre Zunge und Kira öffnete die Augen. Mittlerweile hatte sie ihren Flug sicherlich verpasst, ihre Fluchtmöglichkeit hatte sich zu spät aufgetan. Wenn sie doch nur gewusst hätte, dass sie mehr als ihrem langweiligen Leben entkommen hätte müssen…

Sie starrte erneut hinab auf ihre Hände und blickte ihre Finger wütend an. Natürlich, jetzt waren sie absolut reglos und gehorsam. Wo war dieses Level an Inaktivität während der letzten Monate gewesen, als ihr Gehirn mehrere Minuten ausgesetzt und sie, als sie wieder zu sich gekommen war, eine tote Maus oder Vogel in den Händen gewiegt hatte? Nur dass sie da nicht mehr tot gewesen war. Etwas war aus Kira geströmt, in direkter Linie von ihrem Herzen durch ihre Fingerspitzen und hatte den gebrochenen Körper des Wesens mit ihrem inneren Licht erfüllt…

Dann war die Maus von ihrer Hand gesprungen und davongehuscht, oder der Vogel hatte sich in die Lüfte geschwungen, oder… nun, es gab jede Menge Beispiele. Kira hatte sich nie bewusst dafür entschieden, es zu tun. In der Tat war ihre neugefundene Kraft bei dem einen Mal, als sie versucht hatte ein Nest Opossumbabys unter ihrer Terrasse wiederzubeleben, nicht zu Tage getreten. Sie kam und ging, wie es ihr gefiel, sehr zu Kiras Missfallen.

Es war unvermeidlich gewesen, dass jemand Kiras kleine… Fähigkeit entdeckte, was nun passiert war. Sie war sich nicht sicher, wer sie gesehen hatte oder was sie getan hatte, um deren Aufmerksamkeit zu erregen, aber so oder so steckte Kira in großen Schwierigkeiten. Eine Fahrt in einem fensterlosen Van, fünf nervöse Wachen und unzählige beschissene Wurstsandwiches später, waren Kira und ihre dämlichen Hände in einem gruseligen Keller eingesperrt, anstatt in Singapur Sehenswürdigkeiten zu erkunden.

Das Handy ihres Gefängniswärters klingelte und er erschrak sich beinahe zu Tode. Kira beobachtete, wie er den Anruf annahm und aus dem Raum schlurfte. Er ließ die Tür einen Spalt offenstehen und sie konnte das Krächzen seiner Stimme hören, während er mit jemandem sprach. Als er zurückkam, hielt er einen dunklen Kissenüberzug und eine Rolle Klebeband in seinen zitternden Händen.

„Nein, nein, nein", protestierte Kira, deren Stimme kaum mehr als ein erbärmliches Wimmern war. „Du musst das nicht tun. Ich werde still sein!"

Der Typ grunzte und verdrehte die Augen, bevor er ihr den Mund zuklebte. Er zog den Kissenbezug über ihren Kopf und riss dann noch ein Stück Klebeband ab. Kira spürte, wie er den Kissenbezug an der nackten Haut ihrer Brust, Arme und oberem Rücken festklebte. Dann hob er sie hoch und warf sie sich über die Schulter, um sie die Treppe hinauf zu tragen. Zu ihrer Schande spürte Kira, dass sie sich mit der Situation abfand, als sie auf einen gepolsterten Platz gedrückt wurde. Ein metallisches Knallen ließ sie vermuten, dass sie wieder in dem fensterlosen Van war.

Sie hörte, dass der Motor ansprang, und spürte dann einen Ruck, als das Fahrzeug losfuhr. Ihr Herz hämmerte wie wild und ihr war leicht übel, während Visionen von all den schrecklichen Dingen, die als nächstes passieren könnten, die Worst-Case-Szenarien ihres nächsten Ziels, ihren Kopf füllten.

Die Fahrt schien eine Ewigkeit zu dauern. Kira bemühte sich, sich zu beruhigen, weil sie wachsam und konzentriert sein wollte für den Fall, dass sich ihr eine Fluchtmöglichkeit bieten sollte. Sie atmete tief durch ihre

Nase ein und versuchte die Tatsache zu ignorieren, dass ihre Schulter und Arm wegen der unbequemen Position, in der sie lag, eingeschlafen waren. Sie war sich ziemlich sicher, dass nur zwei Männer mit ihr in dem Auto saßen, da sie sich hin und wieder mit harschem Flüstern verständigten.

Irgendwann stoppte das Fahrzeug für eine Weile. Kira fühlte, wie zwei Paar grobe Hände sie aus dem Van hoben. Trotz ihrer Versuche, ruhig zu bleiben, brach ihr der Schweiß aus und ihr Schädel kribbelt wegen einer düsteren Vorahnung. Dann sackte ihr der Magen in die Kniekehlen, als die Männer sie in die Luft warfen. Ihr Gehirn produzierte sofort Bilder, wie sie im Meer versank, um Atem rang…

Dann landete ihr Körper auf dem Boden und ihr Kopf schlug hart auf. Zum Glück war der Boden unter ihr weich. Gras wie sie bemerkte. Sie lag auf Gras.

Sie hörte das Zuschlagen der Vantüren und das Quietschen von Reifen. Eine halbe Minute lag Kira einfach nur da, schockiert und unschlüssig.

Eine Minute verging. Noch eine und noch eine. Kira rollte sich auf den Bauch und kniete sich hin. Sie beugte sich nach vorne, um den Kissenbezug mit ihren gefesselten Händen von ihrem Kopf zu ziehen. Sie zerrte daran, wodurch sie ein Stück des Klebebandes an ihrer rechten Schulter wegriss, aber konnte ihn einfach nicht vom Kopf bekommen.

„Heilige Scheiße!", erklang die Stimme einer Frau aus der Ferne. „Gabriel! Gabriel, da liegt eine gefesselte Frau in unserem Vorgarten!"

„Cassie, geh zurück", ertönte die geknurrte Antwort, eine Männerstimme mit britischem Akzent. „Hol bitte die anderen, ja?"

Kira zuckte zusammen, als zwei große Hände auf ihren Schultern landeten. Sie schrie auf, doch der Laut wurde von dem Klebeband gedämpft.

13

„Schh, alles ist gut", beruhigte der Mann sie. „Halt still."

Der Mann schälte das Klebeband von Kiras Haut und zog den Kissenbezug von ihrem Kopf, sodass sie in die helle Mittagssonne blinzelte. Punkte schwammen einen Moment vor ihren Augen und Kira sah hoch, wodurch sie einen riesigen Mann mit dunklen, kinnlangen Haaren entdeckte, der sich über sie beugte. Eine umwerfende rothaarige Frau stand hinter ihm, eine Hand sanft auf ihren gewölbten Bauch gelegt. Der Mann streckte eine Hand aus und schnitt eine entschuldigende Grimasse, als er das Klebeband von Kiras Mund riss.

„Geht's dir gut?", fragte die Frau, die besorgt aussah. „Ich bin Cassie und das ist Gabriel. Gabriel, schneid die Fesseln an ihren Handgelenken durch."

„Ich…ich glaube schon", antwortete Kira. Gabriel zückte ein Taschenmesser und durchtrennte das Band, das ihre Handgelenke fesselte, und Kira seufzte erleichtert auf. Sie wusste, sie sollte sich größere Sorgen um ihre Sicherheit machen, weil sie von Fremden umgeben war an einem Ort, den sie noch nie gesehen hatte. Sie schaute hoch zu der mehrstöckigen, grauen Backsteinvilla, die hinter Gabriel und der Frau, die sich jetzt an seine Hand klammerte, aufragte, und versuchte sich zu sammeln. „Bin ich in Louisiana?"

„New Orleans", sagte die hübsche Rothaarige mit einem Nicken. „Ich hasse es, so direkt zu sein, aber… warum wurdest du einfach aus einem Van in unseren Vorgarten geworfen?"

Kira öffnete den Mund, ohne so recht zu wissen, was genau sie antworten sollte. Wie es das Glück so wollte, wurde sie von der Ankunft einer weiteren Handvoll Leute davor gerettet. Ein großer rothaariger Kerl, eine Frau mit einer wilden Mähne blonder Haare, ein mürrisch dreinblickender Diener in einem Smoking, eine kleine, aber entschlossen aussehende kreolische Dame und…

Jedes Härchen an Kiras ganzem Körper richtete sich in der Sekunde auf, bevor sie ihn erblickte. Obwohl er etwas älter und ganz gewiss gezeichneter vom Leben aussah, war es unverkennbar *er*. Ein stämmiger Baum von einem Mann, groß und breit und gebaut aus reiner Muskelmasse. Dunkle Haare, kürzer als in Kiras Erinnerung, fast schon ein Buzzcut an den Seiten, aber oben länger. Er bestand aus nichts als harten, sehnigen Kanten und er lief mit einem unerträglich intensiven Blick auf Kira zu.

Kiras Augen schnellten nach oben, um in seine zu blicken. Sofort verzehrten diese glänzenden dunklen Augen sie, verschlangen sie, nahmen alles, das sie zu geben hatte. Das hatte sich zumindest nicht verändert, nicht einmal nach fünfzehn Jahren.

Asher *Fucking* Ellison hielt direkt vor ihr. Sie hatte die Entführung und den Wurf aus dem Auto zwar mit einem gewissen Maß an Ruhe ertragen, doch diese flog gerade mit wehenden Fahnen aus dem Fenster.

Kira erhob sich stolpernd auf die Füße und wandte sich ab, um zu fliehen.

4

„Asher! Asher, lass sie *los*. Zwing mich nicht dazu, dir einen Schlag zu verpassen!"

Es war nicht so, dass Asher Echo nicht hören konnte, die ihm ins Ohr kreischte. Es war eher so, dass es ihn nicht interessiert. Nicht Echo. Nicht Rhys, dessen Finger jetzt Asher im Nacken packten. Nicht Mere Marie, die wahrscheinlich sehr viel Schlimmeres tun würde, als ihm einen *Schlag* zu verpassen.

Ashers Bär hatte die vollständige Kontrolle und im Moment war Ashers Bär nur daran interessiert, in die Hocke zu gehen und Kira von der Anwesenheit jedes anderen Lebewesens auf diesem Planeten abzuschirmen. Vielleicht war es eine Art Belohnungsaufschub. Asher hatte seinem Bären fast fünfzehn Jahre lang den Anblick, Berührung, Geruch und Geschmack seiner Gefährtin verweigert.

Jetzt würde sein Bär all das in sich aufsaugen. Dabei war es ihm völlig egal, dass um sie herum das reinste Chaos herrschte. Es war völlig egal, dass die kleine, wundervoll kurvige, aschblonde Schönheit gegen seine Arme ankämpfte und ihn gerade erst geschlagen hatte.

Asher vergrub sein Gesicht an ihrem Hals und leckte ein oder zwei Mal unverfroren über die empfindliche Haut dort, während er sie in einer erdrückenden Umarmung hielt.

„Asher!", erklang Kiras gedämpfter Schrei. Sie wand sich in seinen Armen, was seinen Körper gefährlich hart werden ließ. Was ihn daran erinnerte, wie sehr sich doch allein ihre Anwesenheit auf ihn auswirkte. „Asher! Lass mich runter!"

Kira knurrte, als Asher sie hochhob und sich durch den Rest des Wächter Teams drängte. Er verstand kein Stück, was hier vor sich ging, warum sie hier war, wie das möglich war. Aber den Bären in ihm scherte das nicht und momentan war Asher geneigt, dem beizupflichten. Asher und der Bär waren beide der Meinung, dass Kira sicher in seinem neuen Schlafzimmer im Herrenhaus sein sollte. Also würde genau das passieren.

Asher sprintete beinahe zur Eingangshalle des Herrenhauses, wo er eine scharfe Linkskurve machte und direkt auf die Wand zu rannte. Der Schlupfwinkel, den Mere Marie vor einigen Tagen erschaffen hatte, öffnete sich in Reaktion auf seine Gegenwart und Asher lief direkt hindurch in dem Wissen, dass ihm keiner der anderen Wächter folgen konnte. Der Schlupfwinkel war magisch auf ihn abgestimmt und bot ihm seine eigenen Privaträume, die denen von Rhys, Gabriel und Aeric glichen.

Die Tür zu seinem Schlafzimmer auftretend hielt Asher erst an, als er Kira auf die Kante seines Bettes setzte. Er schob ihre Knie auseinander und stellte sich zwischen ihre Schenkel. Er umschloss ihr Kinn, um ihren aufmüpfigen Blick nach oben zu zwingen, was ihm Zugriff auf das gewährte, was er mehr als alles andere wollte: tief in Kiras umwerfende winterblaue Augen schauen.

In dem Moment, in dem sich ihre Blicke ineinander verhakten, erinnerte sich Asher an das letzte Mal, als sie ihn genau so angesehen hatte. Die wunderschöne neunzehnjährige Kira, nur in ein Laken von Ashers Bett gewickelt, dicht an seinen Körper gekuschelt. Sie hatte ihn mit diesen großen blauen Augen angeschaut, ihre vollen rosa Lippen hatten sich an den Winkeln angehoben und da hatte Asher es gesehen.

Liebe. Echte, wahre Liebe. Nicht nur das Gefährten-Zeug, obwohl sie erst seit wenigen Monaten zusammen gewesen waren. Nein, Kira hatte ihn mit dieser einzigartigen und unverkennbaren Mischung aus Zuneigung, Erregung und Heiterkeit angesehen. Dieser Blick hatte ihm ihr Vertrauen, ihre Akzeptanz und ein Versprechen für die Zukunft angeboten.

Ein besserer Mann, hätte dieses Versprechen wahr werden lassen.

Ein besserer Mann hätte alles angenommen und akzeptiert, was Kira Louise Hudson zu bieten hatte. Hätte darauf gebaut, es wertgeschätzt und ihr zehnfach vergolten.

Jedoch nicht Asher. Er hatte einen Blick auf sie geworfen und erkannt, dass er einer solchen Liebe niemals gerecht werden könnte und hatte dann alles zerstört.

„Asher", sagte Kira und brachte ihn zurück in die Gegenwart. „Hör auf. Lass mich gehen."

Sie drückte gegen seine Hand und er gab sie frei, aber als sie versuchte, ihn einen Schritt zurück zu schieben, blieb er standhaft.

„Ich will nicht – ich will dich nicht so nah bei mir haben", sagte Kira, die eine finstere Miene aufsetzte und einige Zentimeter auf dem Bett nach hinten rutschte. „Ich verstehe nicht, was hier passiert. Warum bist du hier? Warum bin ich hier? Hast du… hast du mich entführen lassen?"

In ihren letzten Worten schwang eine ordentliche Portion Angst und Misstrauen mit und Asher fühlte die Anschuldigung wie einen körperlichen Schlag.

„Das würde ich niemals tun", knurrte er, verschränkte die Arme und machte einen Schritt zurück, bevor sich sein Bär wieder erheben und die Kontrolle übernehmen konnte. Sein Bär sehnte sich verzweifelt danach, sie zu berühren und zu schmecken. Ihm war Kiras Meinung nicht sonderlich wichtig, ganz egal, wie schlecht sie aktuell sein mochte. Asher kämpfte seine Urinstinkte nieder und bemühte sich, sich auf das Wort *entführt* zu konzentrieren. Wenn seiner Gefährtin etwas passiert war, dann sollte er verdammt nochmal besser auf den Grund des Ganzen vordringen. „Erzähl mir, was passiert ist."

Kiras anschuldigende Miene bröckelte. Einen Wimpernschlag später traten ihr Tränen in die Augen und ihre Unterlippe zitterte.

„Ich… ich bin mir nicht sicher", brachte sie irgendwie hervor. „Ich lief die Straße in Baton Rouge entlang –"

„Baton Rouge?", unterbrach Asher sie verblüfft. „Warum warst du nicht in Union City?"

Er hatte in Union City einen gut bezahlten Gestaltwandler angestellt, der ein Auge auf Kira haben und sie aus Schwierigkeiten raushalten sollte.

„Ich lebe seit drei Jahren in Baton Rouge", giftete sie. „Nicht, dass du das wissen würdest, aber meine Oma Louise starb vor ein paar Jahren und dann gab es nichts mehr, das mich in Union City gehalten hat. Außerdem fingen die Leute an zu bemerken, dass ich nicht mehr alterte. Man kann nicht einfach für immer wie fünfundzwanzig aussehen und hoffen, dass es keiner bemerkt. Ich lebte fast ein halbes Jahrhundert in der gleichen Stadt. Irgendwann kann man es nicht mehr nur auf die guten Gene schieben."

Asher wurde von dieser Enthüllung einen Moment aus der Bahn geworfen. Kira sah älter aus als in den Erinnerungen, die er an sie hatte, klar. Sie hatte allerdings recht. Es war fast fünfzehn Jahre her, seit er ihr in jener Nacht erzählt hatte, dass er sich den Marines angeschlossen hatte und nicht zu ihr zurückkommen würde.

Diesen Gedankengang abschüttelnd, bohrte er weiter.

„Du wurdest von der Straße entführt", hakte er nach.

Kira nickte knapp.

„Sie steckten mich in einen Van und sperrten mich in einen Keller." Sie wurde beim Sprechen zunehmend aufgebrachter und Asher konnte einfach nicht anders, als eine Hand auszustrecken und ihre zu ergreifen. Er verflocht ihre Finger ineinander und genoss die Möglichkeit, sie zu berühren, während er weiterhin versuchte, mehr zu erfahren.

„Wie lange?", fragte Asher. „Ich muss alles wissen."

„Vier Tage, vielleicht fünf." Kira hob eine Schulter und schluckte. Die zierliche Säule ihrer Kehle arbeitete, während sie darum kämpfte, die Ruhe zu bewahren. „Dann wieder der Van und… dann war ich hier."

„Wem hast du von mir erzählt?", wollte Asher wissen, dessen Gedanken ziellos umher wirbelten. „Lass niemanden aus."

Kira gab ein humorloses Lachen von sich.

„Äh, niemandem", erwiderte sie, eindeutig verstimmt von seiner Frage. „Da gibt es nichts zu erzählen."

Asher war da ganz anderer Meinung, aber jetzt war nicht die Zeit dafür.

„Seit ich Union City verlassen habe, hast du es *niemandem* erzählt?", fragte er.

Kira schürzte die Lippen, dann seufzte sie und schien ernsthaft über seine Frage nachzudenken.

„Vielleicht meinem Ex", gestand sie. „Ich habe ihm nicht alles erzählt… Nicht, dass es viel zu erzählen gibt −"

„Dein *was*?", brachte Asher zähneknirschend hervor.

„Aua!", schrie Kira und zog ihre Hand aus seiner. „Meine Fresse, brich mir nicht die Finger. Mein Ex-Freund, Marshall Logan. Du weißt, von wem ich rede. Wolfgestaltwandler, sandblondes Haar…"

Asher schloss kurz die Augen in dem Versuch, den roten Schleier zu verdrängen, der sich vor sein Sichtfeld geschoben hatte. Er kannte Logan nur allzu gut, da sie gemeinsam bei den Marines gedient hatten. Nicht nur das, sondern Logan war auch der so genannte Angestellte, den Asher weiterhin bezahlte in der Annahme, dass er Kira beschützen würde. Beschützen und weit weg von anderen Männern halten würde.

Mit ihm würde er noch abrechnen und zwar bald. Marshall Logan würde ein oder zwei Dinge über Schmerzen lernen und es würde sehr viel schlimmer sein als in der Grundausbildung.

Asher zwang sich dazu, sich zu entspannten, seine Fäuste und Kiefer zu lockern. Als er wieder die Augen öffnete, verdrängte er Logan und den Begriff 'Ex-Freund'.

„Es tut mir leid, dass das passiert ist, Kira. Ich schwöre dir, ich werde dich beschützen", beteuerte er und betrachtete sie eindringlich.

Kira hob eine Braue.

„Ich nehme keine Versprechen von Lügnern an", fauchte sie spöttisch.

Ashers Lippen zogen sich zurück und er hatte schwer damit zu kämpfen, bei dem Wort *Lügner* nicht die Zähne zu fletschen.

„Ich habe dich nicht belogen, Kira. Ich habe dir gesagt, dass ich nicht zurückkommen würde", zischte er.

„Das war das einzige Versprechen, das du nicht gebrochen hast", konterte sie. „All das Zeug, dass du mein vom Schicksal bestimmter Gefährte wärst, mich beschützen würdest, allen anderen abschwören würdest…"

Weißglühende Wut strömte durch Ashers Adern, weil er all diese Versprechen *gehalten* hatte, ob das Kira nun wusste oder nicht.

„Du bist meine vom Schicksal bestimmte Gefährtin",

sagte er stattdessen, wobei sein ernster Tonfall sie dazu herausforderte, ihm zu widersprechen.

„Ha!", machte Kira nur. Sie benahm sich wirklich aufsässig, doch Asher ergriff die Gelegenheit beim Schopf, es ihr zu beweisen, ihr zu beweisen, dass sie auf jeder möglichen Ebene miteinander verbunden waren.

Asher beugte sich im Nu über sie, drückte sie nach hinten auf das Bett und fixierte sie mit seinem großen Körper. Er grub die Finger einer Hand in ihre Haare, während die andere ihren Kiefer umfing, und küsste sie.

Hart. Fordernd. Wütend.

Asher legte all sein Begehren und Frust in den Kuss, löste Kiras Widerstand mit seinen Lippen und Zunge und Zähnen auf. Zwickte, leckte und knabberte, bis Leben in sie kam. Kira wand sich unter ihm, ihr Körper hielt sein Gewicht, ihre Arme legten sich um seinen Hals, ihre Fingernägel kratzten über seine Schultern.

Die winzigen Laute begieriger Lust, die sie in seinen Mund stöhnte, der Druck ihrer Brüste an seiner Brust, das sanfte Wiegen ihrer Hüften an seinen, wie sie sich gleich einer Wildkatze an ihn krallte...

Das. Das war die Kira, die Asher kannte, nach der er sich sehnte.

Doch im nächsten Moment änderte sich etwas zwischen ihnen. Kira erstarrte und schubste ihn weg. Asher versuchte, sie erneut zu küssen und sie schlug ihn doch tatsächlich.

Fest, direkt auf den Mund.

„Geh. Runter. Von. Mir", drohte Kira. „Verdammt nochmal, geh runter von mir, Asher. Du kannst das nicht einfach tun."

Asher wich einen Augenblick später vorsichtig zurück.

„Ich brauche...", begann Kira, dann stoppte sie. Sie starrte eindringlich auf seine Hand, ihr Blick versengte seine Haut. „Was ist das?"

Asher blickte hinab auf seine geballte Faust und öffnete

sie dann, die Handfläche nach unten. Sie starrten beide auf die dünnen Linien schwarzer Tinte, die sich von seinem Daumen zu seinem Handgelenk wanden. Das Tattoo war eine zart umrissene Schwalbe, ein Klecks Schönheit auf der harten Leinwand von Ashers Körper. Fremde machten oft Bemerkungen zu dem Tattoo und diesen Fremden wurde immer gesagt, sie sollten sich um ihre eigenen Angelegenheiten kümmern.

„Ein Tattoo."

Kira zog eine Braue hoch.

„Das ist witzig, denn ich habe genau das Gleiche", sagte sie und verschränkte die Arme. „Direkt zwischen meinen Brüsten."

Asher betrachtete sie, ohne zu sprechen, weil er sich nicht erklären wollte.

„Was noch witziger ist", fuhr Kira fort, „ist, dass ich es mir habe stechen lassen, nachdem du fort warst und du hast es nie mit eigenen Augen gesehen. Wirft die Frage auf, wie es kommt, dass du das genau gleiche Tattoo hast."

Was wollte sie, dass er ihr erzählte? Dass ihm seine Spione von ihrem Besuch im Tattoostudio berichtet hatten? Dass er den Tätowierer aufgespürt und ernsthaft den Mord des idiotischen Narren in Erwägung gezogen hatte, weil er die eine Frau markiert hatte, die Asher nicht markieren konnte? Dass er sich stattdessen spontan dazu entschieden hatte, sich selbst unauslöschlich mit Kiras selbstentworfenem Design markieren zu lassen?

Ja, diesen Mist würde er ihr so was von nicht erzählen.

„Schön. Weißt du was? Ich denke, es braucht keine Erklärung. Du bist einfach ein genauso großes Arschloch wie an dem Tag, an dem du gingst. Also…" Sie kletterte vom Bett und brachte Distanz zwischen sie. Ihre Gesichtszüge hatten sich verhärtet. „Ich muss duschen. Ich muss schlafen."

„Also dann dusch und schlaf", erwiderte Asher und

warf ihr einen verwunderten Blick zu. Sie wusste doch sicherlich, dass alles, was ihm gehörte, auch ihr gehörte?

„Allein", sagte sie, wobei ihre Stimme zu einem Flüstern sank. „Ich möchte allein sein. Ich – ich kann das jetzt einfach nicht tun. Es ist zu viel."

„Es gibt ein Gästezimmer", sagte Asher, der sofort von Schuldgefühlen geplagt wurde.

„In welche Richtung?", fragte Kira.

„Komm mit", seufzte Asher, dessen Gedanken wild durcheinander fegten, tausende füllten seinen Kopf. Die Empfindung ließ ihn beinahe schwindeln. Er führte Kira den Flur entlang zum Gästezimmer und zeigte ihr das private Badezimmer und alle Annehmlichkeiten.

„Lass dir Zeit", sagte Asher, als er aus dem Gästezimmer in den Flur trat. „Du bist hier in Sicherheit. Wir können später alles andere klären. Also mach dir keine Sorgen um… du weißt schon, die Dinge zwischen uns."

Die Hand auf der Türklinke hielt Kira einen Augenblick inne.

„Asher, da gibt es nichts zu klären. Zwischen uns gibt es nichts mehr."

Noch ehe Asher ein Wort sagen konnte, schlug sie ihm die Tür vor der Nase zu. Er war verblüfft. Während er zurück in sein Zimmer ging, arbeitete die militärische Hälfte seines Gehirns bereits und schmiedete Pläne, um Kiras Sicherheit zu gewährleisten.

Sein Bär war jedoch eine ganz andere Geschichte. Kiras Worte hatten ihn tief getroffen, sehr viel tiefer als Asher für möglich gehalten hätte.

Konnte es stimmen? Hatte Asher Kiras Liebe für immer verloren?

5

Nach der längsten, heißesten, erfrischendsten Dusche, die Kira jemals in ihrem Leben genommen hatte, schlüpfte sie in einen grauen Baumwollpyjama, den sie in der Kommode von Ashers schniekem Gästezimmer gefunden hatte. Sie krabbelte in das große Bett, emotional und körperlich völlig am Ende. In einen Berg aus Kissen und eine dicke, weiche Decke gekuschelt, sank Kira fast augenblicklich in den Schlaf.

Als sie ihre Augen öffnete, lag sie lange Zeit still da. Hauptsächlich beschäftigte sie sich gedanklich mit ihrer momentanen Lage. Sie plagte sich auch mit der übriggebliebenen Erschöpfung und ihrem schmerzenden Körper herum.

Uuuuuund vielleicht ging sie auch Asher aus dem Weg, nur ein kleines bisschen. Kira war normalerweise niemand, der sich in seinem Elend suhlte. Sie war eine Frau der Tat. Sie zog es vor, sich ein Ziel zu setzen, es in kleine und leicht machbare Schritte zu zerbrechen und es dann zu erreichen.

Wie sah die To-Do-Liste für den Umgang mit der Person aus, von der man dachte, dass man sie nie wiedersehen würde und sie jetzt nicht nur gesehen, sondern auch noch berührt hatte?

Welche Checkliste könnte Kira erstellen, um sich vor ihm zu schützen und sicherzustellen, dass sie ihr Herz nicht erneut wie damals verlor?

Kira zog sich die Decke bis ans Kinn, versteckte sich noch etwas länger und dachte über die Vergangenheit nach. Der schreckliche Kummer, den Asher ihr bereitet hatte, war nicht *ganz* allein seine Schuld gewesen. Ja, die Art und Weise, wie er sich verhalten hatte, war so ziemlich unentschuldbar. Zu den Marines zu gehen mit kaum mehr als einem auf Wiedersehen…

Ja, nicht gut. Aber das wahre Problem war gewesen, dass Kira niemanden gehabt hatte, an den sie sich hätte wenden können, als Asher gegangen war. Sie hatte ihn zur damaligen Zeit für die Liebe ihres Lebens gehalten, aber in Wahrheit war Asher auch ihr bester Freund gewesen. Ihr einziger Freund, wenn man ihre Großmutter nicht mitzählte.

Kira war schon immer ein Einzelgänger. Ihre Mutter war gestorben, als Kira noch ein Baby war und hatte sie bei einem unglücklichen jungen Vater und ihrer Großmutter zurückgelassen. Ihr Vater hatte auf einer Ölbohrinsel gearbeitet, wo er einen Teil der gefährlichsten Wartungsarbeiten erledigt hatte, und war eines Tages einfach nicht nach Hause gekommen. So hatte zumindest Oma Louise die Geschichte erzählt, auch wenn das Kira nicht verriet, ob das nun hieß, dass er tot war oder sich einfach aus dem Staub gemacht hatte.

Sie hatte eine einzige schattenhafte Erinnerung an ihren Vater und gar keine an ihre Mutter. So weit es Kira betraf, war das alles Schnee von gestern. Manche Leute hatten Eltern und Geschwister. Kira hatte Oma Louise.

Sie war während ihrer gesamten Schulzeit eine Einzelgängerin, die die Bücherei dem Pausenhof vorzog. Als sie in die Highschool kam und älter wurde, traten Kiras Kräfte öfter zu Tage, was einen noch tieferen Keil zwischen sie und die anderen Kinder trieb. Aus lauter Angst, dass eines der Kinder in ihrer Klasse sie dabei erwischen könnte, wie sie einen toten Gerbil oder ein Blumenbeet verwelkter Stiefmütterchen wieder zum Leben erweckte, stürmte Kira jeden Tag förmlich aus dem Klassenzimmer in dem verzweifelten Bedürfnis, sich in der Behaglichkeit und Sicherheit ihres Zuhauses zu verkriechen.

Dadurch war sie nicht gerade beliebt. Sie hatte bis zum Seniorjahr der Highschool nicht einmal einen Jungen geküsst, denn ihre Aktivitäten nach der Schule hatten sich hauptsächlich auf Zeit mit ihrer Großmutter beschränkt.

Anstatt Football zu spielen oder sich der Schülervereinigung anzuschließen, zog Kira den Kopf ein und verbrachte ihre Nachmittage damit, spanische Telenovelas mit Oma Louise zu schauen. Keine von beiden sprach Spanisch, aber es war witzig zuzuschauen und über die ständigen Plottwists zu rätseln.

Asher änderte das alles.

Eines Tages lief Kira aus der Montgomery Albion Highschool und rannte buchstäblich in seine Arme, wobei sie sich fast den Schädel an seiner steinharten Brust brach. Sie sah hoch, entdeckte den umwerfendsten Mann des Planeten, der mit erkennbarem Interesse auf sie hinab starrte, und schon wurde sie in den endlosen Strudel seiner unglaublich dunklen Augen gezogen.

Kira riss sich nach einem Moment von seinem Blick los. Errötend drehte sie sich um, um von ihm wegzurennen so schnell sie konnte… aber Ashers Hand an ihrem Handgelenk stoppte sie.

„Kenne ich dich?", wollte er wissen.

Diese drei Worte waren der Beginn einer märchenhaften Liebesgeschichte, die Kira aus ihrem selbst gebauten Schneckenhaus lockte und ihr half im frühen Erwachsenenalter zu erblühen. Alles, das danach passierte, war einfach so *schnell* gegangen. Kira hatte seitdem nie wieder so für jemanden empfunden, trotz einer ansehnlichen Anzahl an Dates, weshalb sie es auf die Jugend schob. Teenager, Hormone, erste Liebe. Der ganze Mist.

„Im Grunde genommen war ich einfach dumm", knurrte Kira laut.

Sie strampelte die Decken von ihrem Körper, setzte sich auf und stieg aus dem Bett. Ihr geschundener Körper protestierte bei jeder Bewegung, aber sie hatte keine andere Wahl. Sie schleppte sich zum Bad, nur um festzustellen, dass ihre Kleider fort waren. Das ganze Badezimmer war aufgeräumt worden. Also hatte das mysteriöse Dienstmädchen vielleicht Kiras Kleider einfach zusammen mit dem Müll weggeworfen.

Seufzend fand sich Kira damit ab, weiterhin den Pyjama zu tragen. Sie hatte einige Klamotten in dem Gästeschrank gesehen, aber sie wollte nicht noch mehr Umstände machen als sie es schon getan hatte.

Okay, in Wahrheit wollte sie nicht noch ein Almosen von Asher annehmen. Die Dusche und eine ruhige, schlafreiche Nacht waren mehr als genug plus den Pyjama, den sie wahrscheinlich nicht zurückgeben würde. Kira seufzte und fragte sich, wie zum Teufel sie zurück nach Baton Rouge gelangen sollte.

Im Moment hatte sie nur die Wahl, entweder Asher darum zu bitten oder ihren Ex-Freund Marshall anzurufen. Keine Option klang verlockend, um ehrlich zu sein. Bei Asher hatte es sich so angehört, als hätte Marshall Kira hintergangen, weshalb sie ihn vermutlich nicht anrufen sollte. Andererseits würde Asher nur davon profitieren, wenn Kira ihn um einen Gefallen bat. Angenommen, dass er wollte…

Tja… was zum Geier wollte er eigentlich? Kira hatte nicht den blassesten Schimmer. Asher war genauso rätselhaft wie eh und je und sein Verhalten zu ergründen, bereitete Kira nur Kopfschmerzen.

Anscheinend änderten sich manche Dinge nie. Was Asher anging, so hatte er seine Absichten und Wünsche vor all diesen Jahren mehr als deutlich gemacht. Er hatte ihr erzählt, dass er nie wieder zurückkommen würde und sie nach vorne schauen sollte. Und genau das hatten sie beide getan.

…größtenteils.

Kopfschüttelnd und sich darüber wundernd, wieso sie an diesem Punkt auch nur einen einzigen freundlichen Gedanken bezüglich Asher hegte, geschweige denn einen romantischen, verließ Kira das Gästezimmer. Sie folgte dem Flur zu einem Schlupfwinkeleingang und trat hindurch in eine große marmorne Eingangshalle.

Kira versuchte, nicht zu gaffen wie ein Landei, während sie den kalten Stein unter ihren Füßen spürte und registrierte, dass sie ohne Schuhe nicht sehr weit kommen würde. Oder ohne Geld. Oder ohne irgendeine Art von Papieren…

Leise fluchend wandte sie sich von der Eingangstür ab und lief tiefer in das Haus, um jemanden zu finden, der ihr Schuhe oder eine Autofahrt oder… einfach irgendetwas anderes als das große fette Nichts geben konnte, das sie neben ihrem Namen momentan besaß.

Als Kira in einen riesigen, offen gestalteten Raum trat, der eine Küche, ein Wohnzimmer und einen Konferenztisch enthielt, blieb sie wie angewurzelt stehen. Neben dem Konferenztisch stand mit verschränkten Armen die winzige kreolische Lady mit der milchkaffeefarbenen Haut, die sie gestern kurz gesehen hatte. Sie trug ein fließendes amethystfarbenes Kleid und einen weißen Baumwollschal um ihre Haare sowie funkelnden Goldschmuck in ihren Ohrläppchen, um die Handgelenke und Hals.

„Da bist du ja", sagte die Frau und betrachtete Kira mit

ungeduldiger Miene. „Ich dachte schon, du würdest den ganzen Tag verschlafen. Ich bin Mère Marie."

Die Frau stand einfach nur da und winkte Kira zum Tisch.

„Ich hatte nur gehofft, eine Mitfahrgelegenheit nach Baton Rouge zu finden. Oder vielleicht ein Paar Schuhe", erwiderte Kira lahm. Mère Marie hatte irgendetwas an sich, dem Kira instinktiv misstraute, auch wenn sie beim besten Willen nicht hätte sagen können, was das war.

„Alles zu seiner Zeit", sagte Mère Marie und winkte Kira erneut zu sich. „Komm setz dich und iss etwas. Du musst hungrig sein."

Sie hatte natürlich recht. Kira war am Verhungern. Hunger stand nur weiter unten auf der Liste der Bedürfnisse, um die sie sich kümmern musste, weshalb sie noch keinen Gedanken daran verschwendet hatte.

„Ich schätze… wenn es keine zu großen Umstände macht", entgegnete Kira, lief zu dem Tisch und nahm gegenüber von Mère Marie Platz.

Jetzt da Kira der älteren Frau näher war, konnte sie spüren, dass diese Magie ausstrahlte. Mère Marie war eindeutig eine Art Hexe, noch dazu eine mächtige. Das an sich war kein Problem für Kira. Ihre eigene Großmutter war eine Art Kräuterhexe gewesen, die sich an die Lehre des Hoodoo gehalten und kleine Kräutersäckchen zur Heilung und als Glücksbringer gemischt hatte.

Wenn Kira ihre Großmutter betrachtet hatte, hatte sie manchmal die Magie sehen können, die sie umgeben hatte. Ein sanftes lila und gelbes Licht, das ihre Haut umhüllt hatte. Diese Hexe war jedoch ganz anders. Als Kira die Augen zusammenkniff und versuchte, die Farben ihrer Magie zu sehen, erhaschte sie nur einen Blick auf eine chaotische Farbmischung, hell und dunkel, intensiv und blass. An manchen Stellen reines Weiß, dunkles Grau an anderen. Alle Farben wirbelten durcheinander, was bei Kira eine Gänsehaut verursachte.

„Du kannst Auren lesen", stellte Mere Marie fest und Kira machte einen Satz. Kira sah zu ihr hoch und errötete. Aus irgendeinem Grund hatte sie den Eindruck, dass Mere Marie es für unhöflich erachtete, jemandes Magie so unverblümt zu untersuchen.

„Äh, ich schätze. Ich sehe Farben", antwortete Kira und verzog das Gesicht, weil ihre Worte so töricht klangen. Sie war nach wie vor ziemlich neben der Spur und nicht annähernd in der Verfassung, sich gewählt auszudrücken.

„Wenn du übst, kannst du sie sehen, ohne dich so sehr anstrengen zu müssen", informierte Mere Marie sie. „Eine erfahrene Hexe kann Auren lesen, ohne dass es jemand bemerkt."

Bevor Kira etwas erwidern konnte, wandte sich Mere Marie ab und lief zur Küche, wobei sie „Duverjay! Duverjay!" rief. Kira war einen Moment völlig perplex, bis ein tadellos gekleideter Diener erschien und sich kurz vor Mere Marie verbeugte.

„Das ist Duverjay, unser Butler", stellte Mere Marie ihn vor. „Duverjay, Kira hat Hunger. Kannst du etwas für sie zubereiten?"

„Alles, was sie wünschen, Ma'am", erklärte der Butler Kira und neigte den Kopf. „Ein Omelett vielleicht? Wir haben auch frisches Obst und Toast."

„Oh", sagte Kira überrascht. Sie hatte mit einem Sandwich gerechnet oder… nun, etwas weniger Aufwendigem. „Ich möchte Ihnen keine Umstände bereiten, Sir."

Duverjays Brauen hoben sich. Kira konnte allerdings nicht erkennen, ob aus Abneigung oder Überraschung.

„Nein, überhaupt nicht. Wenn Sie möchten, kann ich Ihnen auch etwas anderes zubereiten. Wir haben ein hervorragendes Filet mignon hier, Spargel und Kartoffeln."

Oder vielleicht einen Salat mit gebratener Hühnerbrust? Alles, was Sie möchten."

„Oh. Äh. Wissen Sie, das Omelett klingt toll", sagte Kira, die von der Auswahl recht schnell überfordert war.

„Kommt sofort", erwiderte der Butler und ging in die Küche.

Mere Marie stürzte sich ein weiteres Mal auf Kira, der Butler war vergessen.

„Perfekt. Jetzt lass uns einen Augenblick über dich reden, meine Liebe", sagte Mere Marie. Die Worte *meine Liebe* klangen merkwürdig aus ihrem Mund, da Kira den Eindruck hatte, dass Mere Marie niemand war, der etwas von Kosenamen hielt.

„Ich bin bald wieder weg, ich verspreche es", beteuerte Kira und räusperte sich. Mere Marie marschierte zu ihr und setzte sich auf den Stuhl direkt neben Kiras. Es kostete Kira sämtliche Selbstbeherrschung, nicht aufzuspringen und wegzurennen.

Da war sie wieder, diese kleine Alarmglocke in ihrem Hinterkopf. Etwas an der Hexe veranlasste die feinen Härchen auf Kiras Armen und im Nacken sich alarmiert aufzurichten.

„Du reagierst auf meine Magie", stellte Mere Marie fest und neigte den Kopf zur Seite, während sie Kira eindring-lich musterte. „Und wie es scheint nicht gerade positiv."

„Es tut mir leid", sagte Kira und kräuselte die Nase. „Ich verstehe nicht."

„Deine Magie ist blütenweiß und meine ist eher… grau", erklärte Mere Marie und schürzte die Lippen. „Du hast deine nicht oft benutzt, weshalb sich die Magie jeder anderen Person so für dich anfühlen wird."

„Was meinst du mit blütenweiß?", erkundigte sich Kira.

„Wir beginnen alle weiß, als Kinder. Bevor du zum ersten Mal absichtlich Magie ausübst, ist deine Magie rein. Unbefleckt. Du hast sie nie aus egoistischen Gründen benutzt, nie einen Zauber gewirkt, der sich negativ auf jemand anderen ausgewirkt hätte. Während eine Hexe ihre Kunst verfeinert, trifft sie Entscheidungen, wählt, wie sie ihre Magie einsetzen möchte. Je länger du übst, desto wahrscheinlicher ist es, dass du vor eine schwierige Wahl gestellt werden wirst. Dass du in eine Lage kommst, in der du deine Magie nicht nur aus einem Akt der Selbstlosigkeit heraus benutzen möchtest oder musst. Selbst wenn du sehr schwache Zauber wirkst, um dir zu helfen oder dich zu verteidigen, oder du jemanden auf alberne Weise verhext, beschmutzt das deine Aura."

„Hat deine Aura deswegen so viele Farben? Weil du eine Menge Leute verhext?", wollte Kira wissen, die versuchte aus dem Erzählten schlau zu werden.

Mere Marie lachte bellend auf.

„Meine Liebe, ich lebe seit hunderten von Jahren und habe jede Art der Magie ausgeübt, die es gibt. All diese Entscheidungen spiegeln sich in meiner Aura. Das Einzige, das ich niemals ausgeübt habe, ist rein schwarze Magie. Du würdest es daran merken, dass meine Aura nur die Farbe von Tinte und Blut hätte."

„Ist schwarze Magie das, wonach es klingt?", fragte Kira

„Sie erfordert ein lebendes Opfer", antwortete Mere Marie und nickte mit dem Kopf. „Es ist eine wirklich fürchterliche Sache. Ich bezweifle, dass du es überhaupt ertragen könntest, dich auch nur auf hundert Schritte einer schwarzen Hexe oder Hexer zu nähern."

„Wer würde das schon wollen?", fragte Kira kopfschüttelnd.

„Du wärst überrascht. Verzweifelte Leute suchen beispielsweise nach jeder Art von Lösung für ihre Probleme."

Kira dachte darüber nach und zuckte mit den Achseln.

„Egal. Ich gehe sobald ich kann zurück nach Baton

Rouge und ich bezweifle, dass es dort allzu viele schwarze Hexen gibt. Ich selbst habe kaum Kräfte und ich werde die Kräfte, die ich habe, so tief in mir einsperren, dass sich niemand mit irgendetwas an mich wenden wird", erklärte sie.

Mere Marie wurde ganz ruhig und betrachtete Kira äußerst eindringlich. Ihr Blick ließ Kira erröten und nach einer Minute auf ihrem Stuhl umher rutschen.

„Du meinst, du hättest kaum Kräfte?", fragte Mere Marie, die finster dreinblickte.

„Nein, nicht wirklich", sagte Kira. Die Worte fühlten sich beim Aussprechen wie eine Lüge an, aber es stimmte.

„Warte hier." Mere Marie erhob sich und verschwand aus dem Raum.

Kira wartete, nahm dankbar ihre Mahlzeit von dem Butler entgegen und machte sich über das Omelett und Obst her. Sie hatte fast aufgegessen, als Mere Marie zurückkehrte, einen sehr großen Spiegel mit einem wunderschön vergoldeten Rahmen tragend.

Kira beobachtete, wie Mere Marie ihn flach auf den Tisch neben Kiras Teller legte und dann einen sehr kleinen Silberdolch darauf platzierte. Sie schob einen Stuhl aus dem Weg und wandte sich dann erwartungsvoll an Kira.

Kira schluckte einen Biss des Omeletts und blickte zu Mere Marie auf.

„Was?", fragte sie.

„Steh auf", verlangte Mere Marie und zog ein weißes Taschentuch aus ihrer Tasche. „Wir werden Blut brauchen. Nur ein paar Tropfen."

Mere Marie nahm den Dolch, drückte den Griff in Kiras Hand und bedeutete ihr, sich in die Fingerspitze zu stechen. Der letzte Rest von Kiras Hunger verschwand schlagartig. Sie war im Allgemeinen kein Fan davon, Blut zu sehen, und bei ihrem eigenen wurde ihr übel.

Auf ihre Lippe beißend machte Kira den kleinstmöglichen Schnitt an der Kuppe ihres Ringfingers. Zum Glück war die Klinge scharf und sie spürte den Schnitt kaum. Ein großer Bluttropfen quoll hervor. Mere Marie packte Kiras Hand, drehte sie um und drückte sie mit der Handfläche nach unten auf den Spiegel.

Die ältere Frau schloss ihre Augen und intonierte eine Reihe unverständlicher Worte, was Kira eine Gänsehaut über den Rücken jagte. Der Spiegel erwachte zum Leben und zeigte eine Szene…

Als Kira und Mere Marie nach unten blickten, um diese zu betrachten, zeigte der Spiegel ein Bild, das etwas in Kira aufwühlte, eine verblasste Erinnerung. Sie beugte sich stirnrunzelnd nach vorne. Nur Mere Maries Hand, die sich auf Kiras legte, hielt sie davon ab, sie vom Spiegel zu reißen, als sie die Szene erkannte.

Es war ein großes, grasbewachsenes Grundstück hinter einem Trailerpark in Union City, ein Ort, an dem Highschooler ihre Trucks abstellten, die Heckklappe runterließen und wilde Partys feierten. Irgendjemand entzündete stets ein großes Lagerfeuer und die Party ging dann, bis dieses runtergebrannt war.

Im Spiegel lag die Grasfläche dunkel da und das Grundstück war voller Leute, ein Dutzend Trucks waren in einem Halbkreis geparkt. Musik dröhnte aus den Anlagen der Autos und Jugendliche saßen auf den Ladeflächen oder Heuballen, tranken aus roten Plastikbechern oder schwangen billige Bierdosen. Unetikettierte Flaschen durchsichtigen Alkohols wurden im Kreis herumgegeben, so genannter „White Lightning" – selbstgebrannter Schnaps, zweifellos gestohlen aus dem Vorrat irgendjemandes Eltern.

„Ich möchte das nicht sehen", murmelte Kira, aber Mere Marie presste ihre Hand nur noch fester auf den Spiegel. Kira fühlte sich hilflos, weil sie nichts anders tun konnte als zuzuschauen, obwohl sie sich an diese Nacht nur allzu gut erinnerte.

Kira entdeckte Asher in einer abgelegenen Ecke, wo er mit ein paar seiner Freunde stand und große Schlucke des Selbstgebrannten trank. Dann sah sie sich selbst hinter einem der Trucks hervortreten, kichernd und leicht taumelnd, eine eben solche Alkoholflasche in der Hand. Es war interessant, das alles aus dieser Entfernung zu betrachten. Zum damaligen Zeitpunkt hatte Kira nicht bemerkt, dass Asher sie die gesamte Zeit über angestarrt und über alle Maßen angepisst ausgesehen hatte.

Es machte Sinn. Das war die Nacht, in der er ihr erzählt hatte, dass er gehen würde, ungefähr eineinhalb Stunden nachdem er die Worte ausgesprochen hatte. Kira war aus seinem Bett geflohen und direkt zum Lagerfeuer gegangen auf der Suche nach Ablenkung von ihrem Liebeskummer. Diese hatte sie in einer Flasche White Lightning gefunden... zumindest für eine Weile.

Weil sie wusste, was als Nächstes passieren würde, wanderte Kiras Blick zur anderen Seite des Spiegels. Und natürlich war da Dan Jones, der den Rest einer Flasche des Selbstgebrannten hinunterkippte und einen Teil davon ins Feuer spuckte. Dan war ebenfalls ein Senior auf Kiras Schule, ein prahlerischer Angeber, ein Footballspieler, der viel zu cool war, um einen ruhigen Nerd wie Kira auch nur zu bemerken. Sie hatte Dan nie besonders gemocht, aber stand im Begriff, ihn viel zu gut kennenzulernen.

Dan schwankte auf der Stelle und wurde grün. Weniger als eine halbe Minute später ging er zu Boden, wobei er direkt der Länge nach hinfiel. Als mehrere der Teenies, die in seiner Nähe standen, schrien und nach ihm sahen, beobachtete Kira sich selbst dabei, wie sie neugierig zu ihm schlenderte.

Eine Minute verging und noch eine. Niemand konnte Dan aus seinem Alkoholrausch reißen. Irgendeine dünne Brünette versuchte es halbherzig mit einer Herz-Lungen-

Reanimation, indem sie auf seine Brust einhämmerte und ihm in den Mund blies. Nichts.

Ein Schlag. Ein Schlag. Beinahe wie ein Trommelschlag. Kira erinnerte sich sonnenklar daran, das langsame, hartnäckige Trommeln in ihrem Kopf. Sie hatte sich darüber gewundert, während sie Dan angestarrt hatte. Dann war ihr ein witziger Gedanke gekommen. Einen Moment war sie sich sicher gewesen, dass sie Dans Herzschlag gehörte hatte. Langsamer, langsamer…

Stille.

Gerade als die Leute zurückwichen, manche sprangen sogar in ihre Trucks und fuhren davon, warf sich Kira auf Dan. Sie hatte keine Ahnung, was sie da machte, aber sie *musste* ihn berühren. Ihre Knie schlugen neben seinem Körper auf dem Boden auf, ihre Hände landeten auf seiner Brust…

In Kiras Erinnerung war ab da alles schwarz.

Im Spiegel versteifte sich Kiras ganzer Körper einen Moment und dann begann sie zu zittern, ihre Augen rollten zurück in ihren Kopf. Ein paar der anderen Teenager sahen noch immer zu, aber die meisten waren schon über alle Berge geflohen. Asher tauchte an Kiras Seite auf und sah so bleich wie eine Leiche aus, aber mischte sich nicht ein.

Dann schien Kira ohnmächtig zu werden und kippte ohne einen Funken Anmut oder Bewusstsein zur Seite. Dan zuckte, setzte sich aufrecht hin und erbrach sich auf seinen Schoß.

Asher beugte sich nach unten und hob Kira in seine Arme, trug sie weg…

Mere Marie zog Kiras Hand vom Spiegel und blickte sie amüsiert an.

„Und das nennst du ‚kaum Kräfte'?", erkundigte sich die Hexe, während sie Kiras blutverschmierte Finger mit dem Taschentuch abwischte.

„Das ist nur einmal passiert und ich habe nicht einmal

etwas *gemacht*. Die Magie ist einfach aus mir geströmt", protestierte Kira.

„Das liegt daran, dass du im Umgang mit deiner Magie nicht ausgebildet wurdest. Ich kenne keine *Reviver* persönlich, aber ich habe Geschichten gehört", erklärte Mere Marie.

„Wie hast du es genannt?", fragte Kira verblüfft.

„Einen *Reviver*. Das kommt von dem französischen Wort *revivre* und bedeutet, wiederbeleben." Mere Marie sprach das französische Wort perfekt aus, was auf einen sprachlichen Einfluss hindeutete, den Kira bei ihr niemals vermutet hätte. „Deine Art ist sehr selten, weil ihr die Kräfte habt, die jeder Bösewicht auf der Welt möchte. Du kannst im wahrsten Sinne des Wortes die Toten auferwecken und befehligen. Du kannst einer Leiche Leben einhauchen. Es gibt gewisse Einschränkungen deiner Fähigkeiten, da bin ich mir sicher, aber denk nur darüber nach. Wenn die Leute herausfinden, was du tun kannst, ist eine kleine Entführung noch die geringste deiner Sorgen."

Mere Marie räusperte sich und trat zurück, hob das Taschentuch auf.

„Warte", sagte Kira und sah zu der Hexe. „Ich möchte das bitte behalten. Mir wäre es lieber, wenn mein Blut bei mir bliebe, wenn du nichts dagegen hast."

Sie streckte ihre Hand aus und wartete und Mere Marie reichte ihr das weiße Tuch widerwillig. Kira befeuchtete eine saubere Stelle mit ihrer Zunge und wischte den Spiegel und Dolch ebenfalls sauber, um sicherzustellen, dass Mere Marie keinen Tropfen ihres Blutes hatte. Sie kannte die andere Frau nicht, aber sie ahnte instinktiv, dass sie nicht wollte, dass Mere Marie Blut- oder Haarproben von ihr besaß.

„Nun", sagte Mere Marie seufzend. „Ich denke, man kann getrost sagen, dass du nicht einfach durch Baton Rouge wandern und hoffen kannst, dass niemand herausfindet, was du bist. Da du offenkundig schon mal entführt, gefangen gehalten und hundert Meilen von deinem Zuhause ausgesetzt wurdest, denke ich, dass wir davon ausgehen können, dass jemand weiß, was du bist. Nach Ashers Reaktion zu urteilen, bist du wegen ihm hier… Ich weiß nur nicht warum."

Sie bedachte Kira mit einem fragenden Blick, aber Kira zuckte nur mit den Schultern.

„Ich weiß auch nicht warum. Zwischen Asher und mir ist nichts."

Mere Marie schnaubte.

„Mach dich nicht lächerlich. Ihr seid vom Schicksal bestimmte Gefährten. Das war offenkundig", entgegnete Mere Marie und verdrehte die Augen. „Ich weiß nicht, warum alle Wächter Frauen abbekommen, die die Augen vor der Wahrheit verschließen. Es ist ermüdend, das ist es wirklich."

„Er hat es vor langer Zeit beendet", beharrte Kira weiterhin auf ihrem Standpunkt.

„Als ob das von Bedeutung wäre", sagte Mere Marie und schwenkte abfällig eine Hand. „Schau, wir müssen nicht über deine Probleme mit Asher reden. Tastsächlich interessieren mich diese nicht im Geringsten. Mich interessiert allerdings, wie wir dich von schwarzer Magie fernhalten können. Wenn du die Seiten wechseln würdest, könntest du die Stadt dem Erdboden gleichmachen. Vielleicht sogar die Welt. Mich schaudert es, wenn ich nur daran denke."

„Also möchtest du, dass ich für unbestimmte Zeit hier herumhänge und Asher aus dem Weg gehe?", fragte Kira stirnrunzelnd.

„Ich möchte, dass du bleibst und lernst, wie du deine Kräfte nutzen kannst. Ich besitze Bücher und das praktische Wissen. Ich kann dir helfen. Im Gegenzug wirst du dich sehr, sehr weit von… anderen Einflüssen fernhalten", erwiderte Mere Marie. Kira fragte sich, welche *Einflüsse* Mere Marie meinte, aber das war nicht wirklich wichtig. Das war vermutlich das beste Angebot, das sie erhalten würde.

Außerdem könnte sie sich definitiv an die Omeletts des Butlers gewöhnen...

„Einverstanden", sagte sie. „Aber ich möchte ein Zimmer, das weiter weg von Ashers ist."

„Ha!", mokierte sich Mere Marie. „Das kommt nicht infrage. Er ist ein Wächter und Wächter brauchen ihre Gefährtinnen in ihrer Nähe, um funktionieren zu können. Ich sage nicht, dass du mit ihm ins Bett steigen musst, aber er muss wissen, dass du in Sicherheit bist. Ich kann es nicht gebrauchen, dass er dort draußen ist, die Straßen patrouilliert und gegen Dämonen kämpft, während er sich Sorgen um dich macht und dadurch eine Hand verliert. Nein, Mädchen. Du wirst schön bleiben, wo du bist."

„Du verstehst nicht", protestierte Kira, die den Drang verspürte, sich zu erklären. „Er hat mit mir Schluss gemacht. Er hat mich verlassen, seine angebliche Gefährtin auf Lebenszeit. Ich wartete jahrelang auf ihn und er kam nie zurück. Ich hatte so große Angst, seine Rückkehr zu verpassen, dass ich nie irgendwo hinging. Ich habe nie irgendetwas erlebt. Ich wohne in einem Küstenstaat und war noch nicht einmal am verdammten Strand! Alles, was ich jemals tat, war Bücher zu lesen und zu hoffen, dass er vielleicht eines Tages doch noch zurückkommt... Witzig, denn ihm scheint es hier wirklich prima zu gehen. Asher braucht und will mich nicht, also verdreh meine nicht existente Beziehung mit ihm nicht, damit sie zu dem passt, was *du* von mir willst. Das ist nicht fair."

Kiras Stimme brach bei dem letzten Wort und ihre Hand flog zu ihrer Stirn, um Mere Marie abzublocken. Sie hörte das verärgerte Seufzen der anderen Frau und erwartete, dass Mere Marie abermals mit ihr schimpfte. Stattdessen, nichts.

Als Kira aufschaute, stellte sie fest, dass Mere Marie fort war. An ihrer Stelle stand Asher weniger als sechs Meter entfernt und starrte sie mit intensiver Faszination an. Kira wurde sofort so rot wie eine Tomate und wischte die Tränen weg, die ihr in die Augen getreten waren.

„Besteht irgendeine Chance, dass du das nicht gehört hast?", fragte sie Asher, wobei sie selbst hörte, wie erbärmlich sie klang, weswegen sie sich nur noch schrecklicher fühlte.

„Nein", antwortete er mit ernster Miene. „Kira…"

„Lass es einfach", sagte Kira und sprang auf die Füße. „Lass mir wenigsten einen Funken Würde und sag nichts. Ich kann das jetzt nicht."

Kiras Feigheit scheuchte sie aus dem Zimmer und sie konnte sich nicht davon abhalten, zum Schlupfwinkel zu sprinten. Sie schaffte es in Rekordzeit ins Gästezimmer, knallte die Tür hinter sich zu und sank daneben auf den Boden. Während sie ihr Gesicht an die kühle Holzfläche der Tür presste, spürte Kira, wie all die Dinge, die sie so lange weggesperrt hatte, hervorbrachen. Hilflos und unwillig zu handeln, ließ sie sie kommen.

Zum ersten Mal, seit ihre Großmutter gestorben war, erlaubte sich Kira Hudson zu weinen.

6

Asher stand im Wohnzimmer des Herrenhauses und beobachtete Kira, die mit Mere Marie im Garten stand. Mere Marie wies Kira in den richtigen Einsatz eines silbernen Zauberstabes ein. Jede von ihnen hielt einen in der Hand. Sie nutzten die Zauberstäbe, um Blätter vom Gras hoch und in sanften Kreisen schweben zu lassen. Kira schwang ihren Zauberstab, wodurch sie jedes Blatt im Garten aufwirbelte und sich einen Regen frischer Blätter aus den großen Eichen über ihr ergoss.

Kira warf den Kopf zurück und lachte und selbst Mere Marie wirkte belustigt. Asher konnte das Gefühl nur allzu gut nachvollziehen. Wenn sie glücklich war, war Kira unwiderstehlich. Wenn sie traurig war, verlieh ihr Elend Asher das Gefühl, als würde er ertrinken, als könnte er nicht atmen, weil er sie einfach nur glücklich machen wollte.

Es war ein gefährlicher Kreislauf, alles in Kiras Welt zu richten wollen. Die Verantwortung dessen, obgleich Kira ihn nie um irgendetwas gebeten hatte, war einer der Gründe gewesen, die Asher vertrieben hatten.

Ashers Hände ballten sich zu Fäusten. Er wollte nicht

über die Vergangenheit nachdenken. Alte Erinnerungen fluteten den Raum zwischen ihm und Kira und erschufen abgrundtiefe Kluften. Während der vergangenen Woche hatte Kira ihm nicht einmal in die Augen gesehen, geschweige denn mit ihm gesprochen.

Er hatte sich ihren Wünschen widersetzt und jemanden angestellt, der in ihrer Wohnung in Baton Rouge nach dem Rechten sah und ihre Katze fütterte. Hauptsächlich sollte er nach Eindringlingen Ausschau halten, was Kira allerdings nicht wusste. Er hatte auch ihren Boss angerufen und ihn eiskalt darüber informiert, dass Kira in Gefahr schwebte und wahrscheinlich eine ganze Zeit nicht zur Arbeit kommen könnte, falls überhaupt jemals wieder. Als Kira herausgefunden hatte, dass er, ohne sie vorher zu fragen, Vereinbarungen für sie getroffen hatte, hatte sie begonnen, ihn mit Schweigen zu strafen. Hart.

Kira besaß die Fähigkeit, jemanden wahrhaftig auszuschließen und zu ignorieren, und Asher bekam das zum ersten Mal zu spüren. Er musste zugeben, dass es ihm überhaupt nicht gefiel.

Andererseits, hatte er nicht genau dasselbe mit ihr gemacht? Er hatte sie fünfzehn Jahre lang vernachlässigt. War ihr fünfzehn Jahre lang ferngeblieben. Wenn sie ihm nicht in den Schoß gefallen wäre, wären es sogar noch mehr Jahre gewesen.

Aber nicht viel mehr. Asher hatte schon lange das nagende Ziehen gefühlt, das Gefühl, dass ein Teil von ihm fehlte, dass er nie vollständig war. Die letzten fünf Jahre waren besonders schlimm gewesen, nachdem er aus dem Militärdienst ausgetreten und herumgewandert war auf der Suche nach Unterhaltung und Arbeit.

Seufzend wandte sich Asher an Duverjay, der sich mehrere Schritte hinter ihm herumdrückte.

„Hast du alles eingepackt, das sie brauchen könnte?", fragte Asher den Butler.

„Ich denke ja, Sir", erwiderte Duverjay. „Ich habe mir die Freiheit herausgenommen, alles für den Ausflug in dem Mercedes C-Klasse Cabriolet zu verstauen. Hier sind die Schlüssel."

Duverjay reichte Asher einen dünnen schwarzen Türöffner und Asher nahm ihn mit einem Wort des Dankes entgegen. Duverjay hatte alles für diese dringend benötigte Überraschung vorbereitet.

Jetzt bestand nur noch das kleine Problem, Kira davon zu überzeugen, mitzukommen.

Zum Glück hatte Asher Mere Maries Meinung zu ihrer Beziehung gehört. Weil er wusste, dass sie auf seiner Seite stand und erwartete, dass sich die Dinge zwischen Asher und Kira wieder einrenkten, glaubte Asher ein wenig Spielraum zu haben.

Also hatte er die wenigen, knapp bemessenen Zentimeter Freiraum genommen und sie in eine Meile ausgedehnt. Tief Luft holend rief sich Asher ins Gedächtnis, was für ein Mann er war und welche Dinge er bereits durchgestanden hatte. Nachdem er in fast jeder Ecke des Nahen Ostens beschossen worden war, würde sich Asher unter keinen Umständen von seiner blonden Gefährtin ins Bockshorn jagen lassen.

Bevor er seine Meinung ändern konnte, schob Asher die Glastüren auf, die hinaus zum Garten führten und schlenderte nach draußen. Mere Marie und Kira drehten sich zu ihm um, wobei beide überrascht wirkten. Asher sagte kein Wort, gab ihnen keine Erklärung.

Er pflückte den Zauberstab aus Kiras Fingern, warf ihn Mere Marie zu und packte dann Kira.

„Wa – Asher!", kreischte Kira, als er sie über seine Schulter warf.

„Wir kommen später wieder", informierte Asher Mere Marie.

Er schlang einen Arm um Kiras Taille, um sie bewegungsunfähig zu machen und trug sie durch die Eingangstür des Hauses direkt zu dem Cabriolet, das davor wartete. Als sie das Auto sah, schrie Kira auf und begann gegen ihn anzukämpfen. Asher nutzte seine freie Hand, um ihrem Jeans verhüllten Po einen kräftigen, festen Klaps zu verpassen, was ihre Proteste erfolgreich beendete.

Dankbar, dass das Verdeck unten war, ließ Asher Kira auf den Beifahrersitz plumpsen und hüpfte dann nach ihr in den Wagen.

„Asher, was soll das hier?" Kiras Stimme war leise und todernst.

„Schnall dich an", befahl Asher. Er legte seinen eigenen Gurt an und fuhr das Auto auf die Straße, bevor Kira einen Fluchtversuch unternehmen konnte.

„Willst du mich jetzt ernsthaft entführen?", fragte sie, wobei ihre Stimme alarmiert lauter wurde.

Asher bedachte sie mit einem kühlen Blick und rollte mit den Augen.

„Ich weiß es nicht, Kira. Denkst du, ich würde etwas tun, um dir zu schaden?", fragte er. Er hasste es, dass er sich nicht sicher war, wie sie diese Frage beantworten würde, aber daran konnte er jetzt auch nichts ändern.

Kira presste ihre Lippen zu einem schmalen, weißen Strich zusammen und beschäftigte sich damit, sich anzuschnallen. Der Morgen war hell und wunderschön, das perfekte vierundzwanzig Grad Herbstwetter, das die Menschen dazu brachte, sich in New Orleans zu verlieben.

„Ich war nicht diejenige, die hier bleiben wollte", sagte Kira nach einer Minute. „Wenn es dir lieber gewesen wäre, dass ich nach Baton Rouge zurückkehre, hättest du es einfach sagen können."

Asher blickte sie finster an und schüttelte den Kopf.

„Wir fahren nicht nach Baton Rouge", erwiderte er.

„Union City?", fragte Kira, die besorgt klang.

„Nein. Wir fahren Richtung Osten."

„Asher –", hob Kira an, aber Asher unterbrach sie.

„Wir machen nur einen Tagesausflug. Auf der Rückbank sind Snacks, Wasserflaschen und etwas von diesem schrecklichen Studentenfutter, das du so gerne magst. Die Fahrt wird ungefähr eine Stunde dauern… Wähl einfach einen Radiosender, lehn dich zurück und genieß die Fahrt, okay?", beendete Asher seine Erklärung eilig, weil ihn ihr mangelndes Vertrauen in ihn zunehmend frustrierte.

Und wieder war es nicht so, dass er es nicht verdient hätte, aber ihre schlechte Meinung von ihm war jedes einzelne Mal wie ein Messerstich zwischen seine Rippen. Kira machte ein böses Gesicht, schaltete das Radio an und stellte diesen langweiligen öffentlichen Nachrichtensender ein, den sie liebte. Asher hörte nicht viel Musik, aber was er mochte, war laut und aggressiv.

Beiträge über beliebte Autoren und alte Männer, die Witze über Autos rissen, waren nicht sein Ding, aber sie schienen Kira recht schnell zu beruhigen. Asher fuhr die Fenster des Cabrios hoch, damit sie das Radio trotz des Fahrtwindes verstehen konnte.

Als sie auf dem Highway fuhren, öffnete sie eine Wasserflasche und das Studentenfutter, dessen Packung sie misstrauisch beäugte.

„Ist das nicht die Sorte, die du magst?", erkundigte sich Asher, wobei er die Stimme heben musste, damit er über den Wind und das Radio gehört werden konnte.

Kira sah mit einem undefinierbaren Gesichtsausdruck zu ihm. Sie nickte knapp und wandte dann den Blick ab, drehte das Radio noch einen Tick lauter. Sie war den Großteil der Fahrt ruhig und reglos, reagierte kaum, bis sie ein großes Schild am Straßenrand passierten, das sie am Gulfport Beach, Mississippi, willkommen hieß.

„Gulfport?", sagte Kira, als Asher vom Freeway fuhr und das Auto Richtung Süden lenkte. „Was gibt es in Gulfport? Ein Casino?"

Asher schnaubte.

„Äh, das steht heute nicht auf der Tagesordnung. Ich hätte dich nicht für eine Casinogängerin gehalten", antwortete er und freute sich, dass sie bei seinem neckenden Tonfall errötete.

„Wohin gehen wir dann?"

„Du bist so ungeduldig. Warst du schon immer so ungeduldig?"

Kiras Miene verdüsterte sich und sie verschränkte die Arme.

„Vielleicht", entgegnete sie, was Asher ein schnaubendes Lachen entlockte.

„Warte einfach noch drei Minuten. Ich verspreche, es wird dir gefallen."

Kira lehnte sich zurück und sah zu, wie die Landschaft vorbeiflog, und Asher beobachtete sie. Kurz darauf fuhr er das Auto auf einen privaten, eingezäunten Parkplatz, und hielt eine Schlüsselkarte an einen Kasten, um die Sicherheitsschranke zu passieren. Von dort fuhr er das Auto fast bis zum Wasser und hielt vor einer festlichen weißen Strandhütte.

„Das ist es", verkündete er. „Wir haben beide jeweils eine Tasche im Kofferraum."

Kira warf ihm einen überraschten Blick zu, aber stieg aus dem Wagen und nahm eine übergroße Tragetasche von Asher entgegen, nachdem er den Kofferraum geöffnet hatte. Er nahm die andere Tasche und unterhielt sich kurz mit einem jungen Valet, der neben dem Auto auftauchte, bereit, den Rest ihrer Habseligkeiten zu tragen und sich um das Auto zu kümmern.

„Der Strand", sagte Kira, während sie zum Sand liefen. „Oh… natürlich."

„Wohin hast du denn gedacht, dass wir gehen würden?", fragte Asher.

Kira schüttelte nur den Kopf. Er war sich ziemlich

sicher, dass er die Antwort auf diese Frage nicht wissen wollte.

Verteilt auf einem eine Meile langen, erstklassigen Strandgrundstück standen private, abgegrenzte Strandhütten. Man konnte sie für einen Tag mieten, was ein boomendes Geschäft während der von Touristen belebten Sommersaison war. Jetzt war es allerdings sehr viel ruhiger. Abgesehen von einigen Valets und Wartungspersonal in der Nähe des Hauptgebäudes war weit und breit niemand zu sehen.

„Wir sind direkt hier drüben", sagte er und führte sie einen hölzernen Steg entlang, bis sie das dritte Gebäude erreichten.

Die Hütte war wahrscheinlich dreißig Quadratmeter groß und bestand aus blütenweißem Holz, das von einem hauchdünnen Moskitonetz umwickelt war. Es gab keine Türen, nur eine Öffnung, die zum Ozean blickte. Als Asher Kira hineinführte, sah es genauso aus wie auf den Fotos, die er gesehen hatte. Gemütlich, sauber, Polstermöbel, eine winzige Küchenzeile, ein Bad und ein Umkleidezimmer für Privatsphäre.

„Wow", sagte Kira und stellte ihre Tasche auf einen weißen Futon.

Ein niedriger Wohnzimmertisch stand in der Zimmermitte und Kira staunte über den gekühlten Champagner und die gesunde Snackplatte, die sie dort fand. Asher hatte sich daran erinnert, dass sie wählerisch in Bezug auf Essen war und immer gesundes Essen und Feinkost vorgezogen hatte. Also hatte er einige der Dinge bestellt, von denen er dachte, sie könnte sie mögen, einschließlich einer Platte Feinkostwaren und einer Art knuspriger Kichererbsen Snackmischung. Dann hatte er noch Champagner hinzufügen lassen, weil er davon ausging, dass sie beide etwas lockerer werden könnten.

Wenn Kira nur halb so angespannt war wie Asher, war sie im Moment innerlich vermutlich ein totales Wrack.

„Ähh, du solltest Badesachen und einige Handtücher in deiner Tasche haben", erklärte Asher. „Ich werde die Umkleide dort drüben nehmen und dir das große, schicke Bad überlassen. Dann schätze ich, ziehen wir uns einfach um und machen uns für den Strand fertig."

Kiras Lippen zuckten, aber sie sprach, was auch immer Negatives ihr gerade durch den Kopf ging, nicht aus. Stattdessen nickte sie und ging ins Bad und Asher folgte ihrem Beispiel.

Er zog sich schneller um als sie, da er nur in ein schlichtes Paar schwarzer Badehosen hatte schlüpfen müssen. Nachdem er angezogen war, sprühte er sich rasch mit Sonnencreme ein und goss zwei Gläser Champagner ein.

Als Kira aus dem Bad trat, hätte Asher beinahe seine Zunge verschluckt. Ihr Gesicht leuchtete feuerrot und sie hielt ein Handtuch und einen großen schlaffen Strohhut in den Armen. Sie drehte sich um, um die Badtür zu schließen und Asher registrierte, dass er Duverjay einen großen Dank schuldete. Kira trug einen sehr knappen mintgrünen Bikini und sie sah verflucht gut darin aus.

Atemberaubend gut sogar.

„Es gab einen Einteiler, aber der hat nicht richtig gepasst", sagte Kira entschuldigend und schnitt eine Grimasse.

„Ich werde mich später bei Duverjay dafür bedanken", erwiderte Asher, an dessen Mundwinkeln ein Lächeln zupfte. Kira machte das mit ihm, verlieh ihm ein Gefühl von… Unbeschwertheit.

Noch besser war sogar, dass Kiras Blick an Ashers nackter Brust und Bauchmuskeln hängen blieb. Ihr Blick war halb neugierig und halb bewundernd, sodass sich Asher rundum glücklich fühlte. Verdammt, das war schön. Normalerweise scherte er sich einen feuchten Kehricht darum, was Frauen dachten, wenn sie ihn ansahen, aber zu wissen, dass seine Gefährtin die vielen Stunden harter Arbeit zu schätzen wusste, die er täglich im Fitnessraum schuftete…

Ja, das war es wert.

„Champagner?", fragte Kira. Asher unterdrückte ein Grinsen, als sie von einem Bein aufs andere trat, sich räusperte und ihren Blick zu seinem Gesicht hob.

„Ich dachte nur, dass wir beide ein wenig Hilfe beim Entspannen gebrauchen könnten", erklärte Asher mit einem lässigen Achselzucken. „Diese Woche war bei uns beiden eine Menge los. Viele Veränderungen, viel Arbeit."

Kira trat nach vorne, nahm das Champagnerglas, das Asher ihr anbot, und lächelte ihn zögerlich an.

„Ich schätze, da hast du recht", stimmte sie ihm zu. „Es war eine lange Woche."

„Ja. Ich dachte, dass wir heute vielleicht eine Art Waffenstillstand ausrufen könnten. Es einfach nur genießen, hier Zeit zu verbringen und uns um sonst nichts zu sorgen", schlug Asher vor.

Nach einem Augenblick nickte Kira und schenkte ihm ein aufrichtiges Lächeln.

„Das kling wirklich nett", gestand sie. „Also… Cheers."

Sie stießen mit ihren Gläsern an und nippten dann an dem Champagner. Asher trank das ganze Glas in einem Zug aus und schnitt wegen der Kohlensäure eine Grimasse. Champagner war nicht unbedingt der Drink seiner Wahl, aber Kira schien ihn zu genießen.

„In Ordnung", sagte Asher. „Ich nehme die Flasche und folge dir runter zum Wasser. Dort warten bereits Stühle und Handtücher auf uns."

„Ähmmm…" Kira errötete und stellte ihr Glas ab, zappelte unruhig herum. „Ich brauche noch Hilfe dabei, meinen Rücken mit Sonnenschutz einzucremen. Ich möchte wirklich keinen Sonnenbrand bekommen."

„Dabei könnte ich dir eventuell behilflich sein", neckte Asher sie, drehte sich um und kramte den Sonnenschutz aus seiner Tasche. Er entschied sich für eine Creme anstatt des Sprays, den er benutzt hatte. „Okay, dreh dich um."

Kira legte ihr Handtuch und Tasche ab, kehrte ihm den Rücken zu und Asher verlor keine Zeit, bedeckte seine Hände mit der Creme und rieb sie ein. Er ging langsam vor und genoss das Gefühl ihrer warmen, weichen Haut unter seinen schwieligen Handflächen. Kira erschauderte zunächst bei seiner Berührung, aber schien sich nach einer Minute zu entspannen und es zu genießen.

Er ließ es sich nicht nehmen, dem Eincremen noch eine kleine Massage hinzuzufügen, während er sich von ihrem Hals zu ihrem unteren Rücken hinabarbeitete, wobei er seine Finger unter die Bänder ihres Bikinioberteils schob. Er beendete das Eincremen mit einer langsamen Aufwärtsbewegung von ihren Hüften, bei der er die Seiten ihrer vollen Brüste streifte.

Er bereute den Moment, in dem er aufhörte, und wich mit einem Seufzen zurück. Kira drehte sich zu ihm um und schenkte ihm ein leicht benommenes Lächeln.

„Das hat sich wirklich gut angefühlt. Ich bekomme dieser Tage nicht gerade viele Rückenmassagen", sagte sie.

„Jederzeit, wann du willst", erwiderte Asher, der nun ohne neckenden Tonfall sprach. „Ohne Bedingungen. Frag einfach."

Sicher, er würde es vorziehen, ihren splitternackten Körper mit Kokosnussöl einzureiben, während sie in seinem Bett lag, aber… ihm war jede Ausrede recht, um Kira berühren zu dürfen.

„Okay. Bereit?", fragte Kira und blickte nach draußen zum Strand.

„Aber so was von. Geh voran."

Asher nahm den Champagner in seinem Eiskübel und die Gläser in eine Hand. Eine kleine Kühlbox in der anderen schleppend, folgte er Kira zum Meer. Dort standen vier weiße hölzerne Strandstühle, die jeweils mit einem Stapel weicher Handtücher versehen waren. Ein weißer Holztisch teilte die Stühle in Paare und Kira wählte einen Platz in der Mitte. Asher entschied sich für einen auf der anderen Seite des Tisches, um ihr ein wenig Raum zu lassen und damit sie beide den Tisch für ihren Champagner benutzen konnten.

„Nett", meinte Asher, während er ihre beiden Gläser auffüllte. Nach einem langen Schluck, streckte er sich und lief zum Wasser, in das er ohne einen Moment des Zögerns eintauchte.

Asher schwamm ein Stückweit hinaus, bevor er umkehrte. Er war überrascht, Kira am Strand stehen zu sehen, wo das Wasser über ihre Füße schwappte. Ihr Gesichtsausdruck war mit keinem Geld der Welt zu bezahlen. Sie hatte eindeutig zu große Angst, um auch wirklich ins Wasser zu gehen.

Asher ließ sich von der Strömung langsam treiben und wartete, ob sie ihre Ängste bewältigen würde. Als er schließlich neben ihr stand und das Salzwasser von seinem Körper tropfte, war sie nur ungefähr einen halben Meter weiter in den Ozean gewatet.

„Was ist los?", fragte Asher und bemühte sich, sich seine Belustigung nicht anmerken zu lassen.

„Ähhh… Ich habe nur gerade angefangen über all die Fische und Haie und Quallen und so nachzudenken…", antwortete Kira, deren Blick auf das Wasser zu ihren Füßen geheftet war. „Es ist okay. Ich mag es hier. Hier ist es gut. Es ist sicher −"

Kira kreischte, als Asher sie packte und raus ins Wasser zerrte. Er hob sie hoch und hielt ihre Schultern oberhalb des Wassers, selbst als sie mit ihm rangelte.

„Asher! Asher, nein!", schrie sie.

Ihre Proteste verstummten im nächsten Moment abrupt und Kira klammerte sich an ihn, bohrte ihre Nägel in seine Schultern.

„Ich bin ein größeres, schlimmeres Raubtier als alles andere dort draußen, das verspreche ich dir", informierte Asher sie.

„Asher, ich kann nicht schwimmen!", sagte Kira, deren offenkundiges Entsetzen mit jedem Moment zunahm.

Asher schwankte kurz und schlang einen Arm um ihre Taille, um sie zu stabilisieren.

„Was meinst du?", wollte er verblüfft wissen.

„Ich meine, ich kann verdammt nochmal nicht schwimmen! Wenn du mich loslässt, werde ich ertrinken!", kreischte Kira. „Bring mich zurück zum Strand!"

„Ich hab dich", versicherte er ihr zutiefst erschüttert. „Es ist okay. Ich werde dich nicht loslassen."

„Versprichst du es?", fragte Kira, die ihr Gesicht an seine Halsseite presste.

„Natürlich", sagte Asher. „Schau, ich bring dich zurück ins seichte Wasser, okay?"

Er watete zurück zum Strand zu einer Stelle, an der das Wasser nur noch bis zur Taille reichte und überzeugte Kira, ihn loszulassen und allein zu stehen.

„Das ist gar nicht so schlimm", stellte sie nach einer Weile fest und verzog das Gesicht, während sie hinaus aufs Wasser starrte.

Asher konnte nur lachen. Kira steckte immer voller Überraschungen.

Sie verbrachten mehrere Stunden auf diese Art. Sie standen eine Weile im Wasser und kehrten dann zu ihren Stühlen zurück, um sich erneut Champagner zu genehmigen. Als die kräftige Mittagssonne auf sie hinab zu brennen begann, schlug Asher vor, zum Lunch zur Hütte zurückzugehen.

Sie schlenderten den Strand hoch und Asher stützte Kira ein wenig, die von den eineinhalb Flaschen Champagner, die sie gemeinsam getrunken hatten, leicht beschwipst war. Als sie zurück zur Hütte kamen, erwartete sie dort eine köstliche Lunchplatte mit Fingerfood und frischen Früchten.

Sie fielen über das Essen her, weil sie von dem vielen Toben am Morgen ganz ausgehungert waren. Als sie satt waren, breitete Asher einen Haufen Decken auf einem der großen Futons aus und verkündete, dass es Zeit für eine Pause sei.

„Ja, der ganze Champagner und frische Wassermelonen machen einen wirklich fertig", frotzelte Kira und rollte mit den Augen. Trotzdem legte sie sich ohne Beschwerden neben Asher, als er es sich auf einer Hälfte des Futons gemütlich machte.

„Das ist nett", meinte Asher und ließ seinen Blick über Kira gleiten. „Es könnte immer so sein, weißt du."

Kira lachte schnaubend.

„Das hier ist wie ein… Fantasietag", entgegnete Kira. „Wir mussten einen Waffenstillstand vereinbaren, nur um miteinander Zeit verbringen zu können, Asher. Das ist nicht das echte Leben."

„Was, wenn wir es zum echten Leben machen?", provozierte Asher sie und stemmte sich auf einen Ellbogen. „Wir könnten einfach… ein Häuschen irgendwo am Strand kaufen. Neu anfangen."

Kira musterte ihn eine ganze Minute, ohne zu sprechen. Ihre Lippen waren fest zusammengepresst und Asher wusste, dass sie es ihm nicht leicht machen würde.

„Dann hast du also deine Meinung geändert?", wollte Kira wissen und kam damit direkt auf den Punkt. „Hast plötzlich entschieden, dass du eine Gefährtin willst, dass du an jemanden gebunden sein willst? Mit allem Drum und Dran?"

Asher öffnete den Mund, unsicher, wie er antworten sollte, und Kira zog eine Braue hoch.

„Red nicht um den heißen Brei herum", warnte sie ihn. „Sag es mir einfach. Ja oder nein, Ash. Willst du eine Gefährtin? Willst du mich?"

„Es ist nicht so einfach", seufzte Asher.

Kira knurrte frustriert und machte Anstalten, aufzustehen, aber Asher streckte seine Hand aus und schlang sie um ihre Taille.

„Komm her", verlangte er.

„Asher, nein! Wir wissen, wohin das führt. Du hast gerade gesagt, dass du mich nicht willst und ich will nicht, dass wieder auf meinem Herzen herumgetrampelt wird. Ich weiß nicht einmal, warum du dir mit all dem hier Mühe gegeben hast, wenn du nicht… Weißt du was, es ist egal. Bring mich einfach zurück nach Baton Rouge."

Asher gehorchte nicht. Das tat er nie, nicht wenn es um Kira ging. Er hob sie auf seinen Körper, sodass sie rittlings auf seinen Hüften saß. Er richtete sich auf und zog ihren Kopf nach unten, bis sich ihre Lippen trafen und er sie mit einem leidenschaftlichen Kuss verschloss.

Kira seufzte leise und wiegte ihre Hüften an seinen, während sich ihre Zungen in einem zartlichen Moment der Erkundung begegneten. Asher bewegte sich forsch unter ihr, ließ sie jeden Zentimeter seiner anschwellenden Erektion spüren und zeigte ihr mit seinem Körper, was sein Mund nicht zu sagen vermochte.

Ohne zu wissen, was er eigentlich tat, schob Asher den kleinen Stofffetzen zur Seite, der Kiras linken Busen verhüllte. Ihre volle, cremig weiße Brust fühlte sich so perfekt in seiner Hand an. Die runde rosa Spitze richtete sich auf, als er mit seiner Zunge darüber leckte.

Asher stöhnte an ihrer weichen Haut, sein Verlangen nahm rasend schnell zu, sein Bär brüllte wegen der Chance auf Erlösung, sehnte sich danach, in Kira einzudringen und für immer Anspruch auf sie zu erheben.

Obwohl es ihn beinahe umbrachte, wurde Asher langsamer und löste sich von ihr. Kira biss auf ihre Lippe und wich noch ein Stückchen zurück, während sie sich bedeckte. Ihre Haut war gerötet, ihre Lippen geschwollen und feucht. Fuck, es schmerzte, keinen Schritt weiterzugehen, es *schmerzte* körperlich.

„Es ist keine Frage des Wollens", sagte Asher nach einem Moment, dessen Stimme jetzt rau klang. „Offensichtlich."

„Oh, Asher", seufzte Kira kopfschüttelnd. „Ich meinte kein körperliches Wollen. Gott, wenn es doch nur das wäre. Mein Äußeres kann ich verändern, aber ich kann nicht ändern, wer ich bin. Wie geht dieser Song nochmal? *'I can't make you love me, if you don't…'*"

„Es liegt nicht an dir", knurrte Asher, streckte seine Hand aus und versuchte, sie näher an sich zu ziehen. Kira stieß seine Hand weg. „Du verstehst nicht –"

„Und du kannst es nicht erklären! Wir haben das schon mal durchgemacht, Asher. Es hat einfach keinen Sinn." Kira stand auf und schnappte sich die Tasche mit ihren Kleidern. „Ich gehe mich umziehen. Ich möchte, dass du mich nach Hause bringst."

Asher beobachtete, wie die Badezimmertür zufiel, und fluchte leise. Der Tag war so schön gewesen, bis er zu weit gegangen war. Obwohl sie ihm die perfekte Gelegenheit geliefert hatte, ihr zu erklären, warum sie nicht zusammen sein konnten, konnte Asher es nicht tun.

Mit mahlendem Kiefer stand Asher auf und begann ihre Habseligkeiten einzupacken. Es würde eine lange, schweigsame Fahrt zurück nach New Orleans werden.

7

Kira regte sich, ihr Schlaf war ruhelos. Sie erwachte allmählich, reagierte auf irgendetwas, das bis in die wildesten Tiefen ihrer Träume vorgedrungen war. Als sie ihre Augen öffnete und sich aufsetzte, war es völlig still im Gästezimmer.

Was hatte sie aufgeweckt?

Gerade, als sie sich umdrehen und versuchen wollte, erneut Schlaf zu finden, hörte sie ein dumpfes Geräusch. Leise, gedämpft... aber ganz gewiss die Stimme eines Mannes. Sie erklang wieder und wieder, dann verstummte sie.

Es war Asher. Der Klang seiner Stimme war irgendwo tief in Kiras Herz verwurzelt. Er hatte geklungen, als würde er... Höllenqualen leiden.

Kira kroch in ihrem riesigen Schlafshirt und barfuß aus dem Bett und tapste hinaus in den Flur. Jetzt war kein Geräusch zu hören und Kira fragte sich, ob sie es sich nur eingebildet hatte. Immerhin hatte sie Asher seit mehreren Tagen nicht gesehen. Nach ihrem Streit am Strand hatte Kira ihn gesucht. Cairn, Mere Maries geschwätziger Kater, war mehr als erfreut gewesen, Kira darüber zu informieren, dass Asher sich freiwillig gemeldet hatte, Doppelpatrouillen zu übernehmen, was bedeutete, dass er sich fünfzehn Stunden pro Tag außerhalb des Herrenhauses aufhielt, jeden Tag.

Kira wandte ihren Kopf zurück zu ihrem Zimmer, da sie annahm, dass Asher wieder fort war und sie sich die Geräusche nur eingebildet hatte. Bevor sie noch einen Schritt machen konnte, erklang das Geräusch erneut. Leise, aber drängend, zog sie seine Stimme wie ein Magnet an.

Sie schlich zu Ashers Tür und presste ihr Ohr an das Holz. So konnte sie es hören… Asher rief in seinem Schlaf, aber sie konnte die einzelnen Worte nicht richtig ausmachen.

Mit trockenem Mund drehte Kira den Türknauf um und schob die Tür auf. Sein Zimmer war dunkel, nur etwas Mondlicht schien durch die Fenster herein, weshalb sie keinesfalls von der Tür aus nach ihm sehen konnte. Tief Luft holend, um ihre Nerven zu beruhigen, schlich Kira zu seinem Bett.

Schon bald blickte sie hinab auf Asher, der in seine Decken verknotet war und dessen Gesicht von einigen Streifen Mondlicht beleuchtet wurde.

„Kira, nein", flüsterte Asher, was sie zusammenzucken ließ. Sie fing an, zurückzuweichen, aber Asher murmelte noch etwas.

Auf ihre Lippe beißend beugte sich Kira nach unten, um ihn besser betrachten zu können. Er schien tief und fest zu schlafen, so weit sie das beurteilen konnte.

„Asher?", fragte sie leise. „Geht's dir gut?"

Er bewegte sich, drehte sein Gesicht in die Richtung ihrer Stimme.

„Geh nicht, Kira. Geh nicht", keuchte Asher. Seine Stimme klang gepresst, sein Schmerz war offenkundig, und ihr Herz zog sich mitleidvoll zusammen.

Er streckte blind seine Hand aus, tastete… und Kira legte ihre Hand in seine wie eine absolute Närrin.

„Kira!", brüllte Asher. Im nächsten Moment riss Asher an ihrer Hand, wodurch sie ins Taumeln geriet und merkwürdig verkrümmt auf seinem Bett landete. Das Gesicht direkt vor dem ihres angeblichen vom Schicksal bestimmten Gefährten, rang Kira um Atem, während Asher seine Arme um sie schlang und sie fest umarmte.

„Ash – "

„Ich liebe dich", verkündete Asher und seine Lippen senkten sich auf ihre.

Kira versteifte sich in seiner Umarmung, aber Asher bemerkte nichts davon. Sein Kuss war hungrig und fordernd, obwohl er wahrscheinlich keine Ahnung hatte, dass sie anwesend war. Und seine Liebeserklärung…

Asher lockerte seinen Griff um sie, schob seine flache Hand ihren Schenkel hinauf, über ihre Hüfte und unter ihr Shirt. Kira war zu überrascht, um Widerstand zu leisten, während seine Zunge mit ihrer tanzte. Seine Hand umfing ihre Brust, seine Finger reizten ihre Brustwarze und schickten sengende Hitzewellen durch ihren ganzen Körper. Zwischen ihren Schenkeln begann es zu pochen und ihre Mitte wurde feucht, während Asher sie berührte und küsste.

Die Hälfte ihres Gehirns beschäftigte sich damit, wie falsch es doch war, dass sie ihm erlaubte das in seinem Schlaf zu tun. Die andere Hälfte stand in Flammen und wollte mehr von seinen Berührungen. Gott, sie wollte es so sehr, dass er sie berührte, sie auf eine Weise zum Explodieren brachte, wie es nur Asher konnte.

Ashers Hand entfernte sich von ihrer Brust und zog eine brennende Spur ihren Bauch hinab, wo seine Fingerspitzen über ihren dünnen Baumwollslip tanzten. Eine einzige dicke Fingerspitze reizte ihre Schamlippen durch den Stoff und setzte sie in Flammen.

„Fuck, Kira, du bist so scharf", stöhnte Asher. „Ich habe auf dich gewartet, Baby."

Kira biss auf ihre Lippe und beobachtete ihn eindringlich in dem Bemühen, zu ergründen, ob er irgendeine Ahnung hatte, was gerade passierte. War das nur ein erfreulicher Traum für ihn?

Neugierig schob sie die Decke zurück, die seinen Oberkörper und Beine bedeckte. Kira erschrak, als sie ihn splitterfasernackt und vollständig erigiert vorfand. Seine Erektion ragte stolz hinauf zu seinem Bauchnabel. Sie hatte sie zuvor schon gesehen, natürlich, aber als sie jünger war, war sie viel zu schüchtern gewesen, um seinen unglaublichen Körper zu erkunden. Sie hatte seine Männlichkeit nur ein paar Mal berührt und selbst da war Asher normalerweise zurückgewichen, weil er hatte warten wollen.

Auf was?, fragte sie sich jetzt.

Asher fuhr fort sie zu necken, wobei er sich damit abwechselte, ihre Nippel zu lecken und zu zwirbeln, und mit seinen Fingern durch ihren Slip hindurch über ihr Geschlecht zu streicheln. Sie leckte nervös über ihre Lippen, streckte ihre Hand aus und glitt mit ihren Fingerkuppen über seine harte Länge. Als er zischte und seine Hüften nach oben stieß, grinste sie.

Kira schloss ihre Finger um seine dicke Härte und streichelte mit ihrer Hand langsam und träge seine Länge hoch und runter.

„Fuck!", fluchte Asher und spannte sich an. „Das fühlt sich so gut an."

Er schob ihren Slip nach unten, gab seine neckenden Berührungen auf und suchte ihren Mund, um ihn mit einem weiteren Kuss zu verschließen. Kira erschauderte bei den Empfindungen, die auf ihren Körper einprasselten: Asher fand ihren Kitzler, den er mit sanften Kreisen massierte, womit er sie wahnsinnig machte; das Gefühl seiner Erektion in ihrer Hand, während sie ihn streichelte und darüber nachdachte, wie es wohl sein würde, ihn in ihrem Körper zu haben, wie er sie dehnen und komplett ausfüllen, sie vor Lust und Schmerz zum Schreien bringen würde; sein unnachgiebiger Kuss, bei dem seine Zunge gegen ihre stieß und sich seine Lippen wie magisch auf ihren bewegten.

Ashers Körper versteifte sich, seine dicke Schwanzspitze wurde feucht von Lusttropfen und Kira liebte es. Sie wollte, dass er kam oder sie vielleicht vögelte oder…

Asher knurrte und packte ihre Hand, zog sie von seinem Körper, obwohl er eindeutig am Rande eines Höhepunktes stand. Er zerrte Kiras Hand über ihren Kopf und fixierte sie dort mit seiner, wodurch er verdeutlichte, dass er wollte, dass sie sich nicht rührte.

Als Asher zwei lange Finger in ihre Mitte presste, schrie Kira auf. Sie war so lange Zeit nicht auf diese Weise berührt worden. Es war sogar so lange her, dass sie ganz vergessen hatte, wie gut es sein konnte. Asher füllte sie und zog sich zurück, immer und immer wieder, während sein Daumen ihre Klit umkreiste.

Er kurbelte ihre Lust immer weiter und weiter an… Kira kam seinen Berührungen mit ihrem Becken entgegen, biss auf ihre Lippe, um den Schrei zurückzuhalten, der sich in ihrer Kehle aufbaute. Sie brannte. Flüssige Hitze strömte durch ihre Adern, drohte sie zu verschlingen, sie zu zerstören…

Kira ruckte mit den Hüften, als sie kam, ihr Körper zog sich zusammen und bebte und verkrampfte sich um Ashers Finger. Sie war verloren, frei, fiel… Es schien nie zu enden.

Als ihr Höhepunkt schließlich verebbte, drückte Asher heiße Küsse auf die Kurve ihres Halses, was sie erschaudern ließ. Selbst eine hauchzarte Berührung von ihm reichte aus, dass sie schon wieder mehr wollte.

„Asher, bist du wach?", fragte Kira, wobei ihre Worte flehend klangen. Sie brauchte es, dass er wach war, brauchte es, dass er sie auf die grundlegendste aller Arten vervollständigte. Sie wollte, unter seinem großen Körper liegen und ihre Krallen über seinen Rücken ziehen, während er sie mit seinem Samen füllte. „Asher?"

Asher murmelte etwas, schlang einen Arm um sie und zog sie fest an sich. Er war nach wie vor hart, sein Penis presste sich dick an ihren Schenkel, aber Kira konnte spüren, dass er sich nicht mehr bei ihr holen würde.

„Gefährtin", knurrte Asher, während er mit seinen Lippen über ihr Schlüsselbein strich. „Mmmh. Mein, meine Kira."

Er drehte sich auf seinen Rücken und zog Kira an seine Seite. Kira seufzte laut auf. Sie wollte jetzt nicht über die Konsequenzen dessen, was gerade geschehen war, nachdenken. Er hatte ihr Lust verschafft, aber sie war sich nicht sicher, wie anwesend er dabei gewesen war.

„Du wirst meine Erste sein."

Kira runzelte die Stirn und sah zu Asher hoch. Was zur Hölle hatte er gerade gesagt? Ihr Mund kräuselte sich, während sie das herauszufinden versuchte. Sie musste ihn falsch verstanden haben.

Nach dem, was er gerade mit seinen Fingern gemacht hatte, war sich Kira todsicher, dass Asher reichlich Erfahrung darin hatte, Frauen zum Orgasmus zu bringen. Sie bettete ihren Kopf auf seiner Schulter, darauf bedacht, nicht einzuschlafen. Kurz darauf entspannte sich Asher und glitt scheinbar in einen tieferen Schlaf. Er gab keinen Laut von sich, vermutlich war er zu einem gewissen Grad befriedigt.

Erst als das Mondlicht langsam wich, um Platz für das fahle graue Licht der Morgendämmerung zu machen, schlüpfte Kira aus seinem Bett und kehrte in ihr eigenes zurück, während sie in tausenden Fragen und Unsicherheiten ertrank.

8

Asher lag auf seinem Rücken und starrte zu seiner Schlaf-
zimmerdecke hoch. Im Moment bemühte er sich um ein
kleines Tête-à-Tête mit seiner rasenden Libido, ein halbher-
ziger Versuch, sich so weit zu beruhigen, dass er schlafen
konnte. Er drehte sich ächzend auf die Seite, wobei die
seidigen Laken seine nackte Haut liebkosten und ihn
quälten.

Es lag nicht nur an dem seidigen Gleiten an seinem
Körper. Seine Laken rochen nach Kira und zwar genau so,
wie sie roch, wenn sie erregt war. Es war unmöglich, Schlaf
zu finden, während dieser Duft in seine Nase drang und ihn
an all die Arten denken ließ, auf die er sie vögeln wollte.
Während der letzten Woche war es ihm gelungen, sich
völlig zu verausgaben, indem er stundenlang patrouillierte
und sich mit den anderen Wächtern im Kampf übte. Er
hatte sich so sehr verausgabt, dass Rhys Asher befohlen
hatte, sich einen ganzen Tag frei zu nehmen und
auszuruhen.

Jetzt wünschte sich Asher, er hätte Rhys' Befehl igno-
riert. Er hatte den ganzen Nachmittag geschlafen und

seinem Körper den dringend benötigten Schlaf geschenkt. Nun, da dieses Bedürfnis gestillt war, hatten Ashers außer Kontrolle geratene Hormone das Ruder an sich gerissen.

Genau genommen, machten sie ihm das Leben zur Hölle.

Asher stieß den angehaltenen Atem aus und wand seine Hand um seinen Penis. Seit Kira im Herrenhaus angekommen war, hatte er nicht mehr masturbiert. Es fühlte sich falsch an, weil er wusste, dass sie so nah war. Aber jetzt war er so langsam ehrlich besorgt um den Zustand seiner Hoden, denn er war praktisch zwei Wochen pausenlos hart und bereit herumgelaufen.

Er musste irgendwie etwas Dampf ablassen.

Seinen Kiefer fest zusammenpressend, glitt Asher mit seiner Faust seine Länge hoch und runter, seine Berührung schnell und wütend. Ashers Begierden waren wild und animalisch, ein weiterer Grund dafür, warum er Kira damals in Union City nie genommen hatte. Als die süße kleine Jungfrau, die sie gewesen war, hatte sie die Art von Sex nicht verdient, die Asher so verzweifelt mit ihr hatte haben wollen.

Der Gedanke an Kira steigerte Ashers Erregung ins Unermessliche, weil er sich all die Arten vorstellte, auf die er sie vögeln wollte, wie hart er sich in ihren engen Körper rammen wollte, wie er sie dazu bringen würde, seinen Namen zu schreien.

Asher hörte ein Geräusch, öffnete ein Auge und wunderte sich, ob sich Cairn wieder in seine Gemächer gestohlen hatte. Aber nein... Sechs Meter entfernt stand Kira und starrte ihn an, als wären ihm sechs Köpfe gewachsen und er würde aramäisch sprechen.

Ashers Hand erstarrte und einen Moment schämte er sich abgrundtief. Sein Bär wusste, dass Asher nur zum Höhepunkt kommen sollte, wenn es auch Kira tat, und Asher seufzte angewidert von sich selbst.

Dann konzentrierte er sich wieder auf die Realität, in der Kira in seinem Zimmer war, mitten in der Nacht, ungebeten. Irgendetwas stimmte hier nicht und die Schuld lag ganz allein bei seiner sexy blonden Gefährtin.

„T-tut mir leid", stammelte Kira und wandte sich ab „Ich gehe schon."

„Warte eine Sekunde", knurrte Asher und erhob sich aus dem Bett, noch immer splitternackt. „Komm zurück."

„Nein, es ist okay – "

Kira kreischte kurz auf, als Asher ihre Hand packte, sie zurück zu seinem Bett zerrte und sie auf die Matratze warf. Er blieb vor ihr stehen, verschränkte die Arme und funkelte sie finster an.

„Warum bist du in meinem Zimmer, Kira?"

Kira biss auf ihre Unterlippe, was ihn kurz ablenkte.

„Nun… ich dachte… nun, ich hoffte…" Sie hielt inne, wobei sie sehr schuldbewusst wirkte. „Du erinnerst dich an gar nichts, oder?"

Asher neigte den Kopf zur Seite und bemühte sich, sie zu verstehen.

„An was genau soll ich mich erinnern?", fragte er, während langsam Zorn in ihm hochkochte. Kira war direkt hier, in seinem Bett. Ihr Blick senkte sich immer wieder, um seinen Körper zu bewundern, und er konnte ihr Interesse *riechen*. Und dennoch mussten sie dieses dämliche Gespräch führen, anstatt zu tun, was sie beide ganz offensichtlich tun wollten. Tun mussten, zumindest in seinem Fall.

„Ähmmm…" Kira wich seinem Blick aus.

„Hat es etwas damit zu tun, dass dein Geruch in meinen Laken hängt? Hmm?" Asher kniete sich auf die Bettkante und streckte eine Hand aus, um Kiras Handgelenk zu packen.

„Ja", antwortete sie, während unvergossene Tränen in ihren Augen schimmerten. „Du hast… Träume. Du rufst nach mir. Also… komme ich hierher. Und wir… du…"

Asher wusste nicht, ob er über ihre zerknirschte Miene lachen oder sich ärgern sollte.

„Was genau mache ich?", erkundigte er sich, obwohl er eine ziemlich genaue Vorstellung hatte. Der intensive Geruch von Kiras Erregung in seinem Bett machte einen Teil davon ziemlich klar.

„Du küsst mich. Berührst mich", erzählte sie und entwand sich seinem Griff. Sie zog ihre Knie an die Brust und umarmte sie, während ihre Wangen knallrot anliefen. „Du erlaubst mir nicht... dich zu erlösen. Ich dachte... ich dachte vielleicht ist das die einzige Möglichkeit, wie du mit mir zusammen sein kannst. Ich schätze, selbst in deinem Schlaf willst du mich nicht auf diese Weise."

Sie hob ihre Hand und strich eine dicke Träne weg, die aus ihrem Auge gekullert und über ihre Wange gerollt war. Sie sah aus wie das personifizierte Elend. Asher erhob sich stöhnend vom Bett und versuchte, diesen ganzen Irrsinn auf einmal zu verarbeiten. Kira war so unsicher, wenn es um ihn ging, dass es ihn schmerzte sich das anzusehen.

Das Schlimmste war jedoch, dass sie guten Grund dazu hatte. Asher *hatte* ihr das angetan. Er hatte schon früh in ihrem Leben einen Teil von ihr gebrochen und sie wie einen Schmetterling mit einem kaputten Flügel zurückgelassen.

Er drehte sich um und schnappte sich ein Paar dunkler Boxerbriefs, in die er schlüpfte, ehe er zum Bett zurückkehrte. Das war kein Gespräch, das man im Adamskostüm führen sollte.

„Kira, komm her", sagte er und setzte sich neben sie. Sie zuckte zusammen und drehte ihren Kopf weg, weshalb er seine Hand ausstreckte, ihre nahm und seine Finger mit ihren verflocht. „Schau mich an, Süße."

Er nutzte eine Fingerspitze, um ihren Blick zu ihm zu drehen.

„Bitte weine nicht, Kira", bat Asher. „Das bringt mich um."

„Was soll ich denn tun, Asher?" Kira durchbohrte ihn mit ihrem Blick und wischte sich mit der freien Hand die Tränen weg. „Wie soll ich mich fühlen?"

„Ich weiß nicht, wie ich es dir sonst erklären kann. Es ist überhaupt nichts falsch mit dir, Kira. Du stößt mich nicht ab, weder deine Persönlichkeit noch dein Körper oder irgendetwas anderes. Wenn überhaupt bin ich von dir besessen", erklärte Asher, in dessen Brust Wut hochkochte. Wut auf sich selbst, Wut auf ihre Situation. „Ich war nie auch nur mit einer anderen zusammen, das weißt du, oder? Ich habe nie mehr gemacht als das, was ich in den vergangenen Nächten mit dir gemacht habe."

Kiras Augen schnellten zu seinen. Er konnte sehen, dass er sie völlig schockiert hatte.

„Was?", krächzte sie.

„Ja", sagte Asher mit einem humorlosen Lachen. „Wie sich herausstellte, konnte ich, nachdem ich meine Gefährtin erst mal gefunden hatte,… den Akt mit niemand anderem vollziehen. Ich kann mir nicht einmal selbst einen runterholen, ohne an dich zu denken. Es ist erbärmlich."

Kiras Mund hing jetzt offen und wenn Asher nicht so wütend gewesen wäre, hätte er gelacht.

„Bist du jetzt glücklich?", wollte er wissen. „Du bist meine Gefährtin, verdammt nochmal. Natürlich will ich dich. Ich habe keine andere Wahl und ich will verflucht nochmal auch keine. Ich will nur *dich*."

„Warum hast du mich dann verlassen?", fragte Kira, deren Stimme brach. „Du hast mich verlassen, Asher. Du hast mich verdammt nochmal ganz allein gelassen – "

Asher wusste, dass er ihr nicht erzählen konnte, was sie hören wollte, dass er ihr nicht sagen konnte, dass sie zusammen sein könnten. Es wäre unglaublich gefährlich und selbstsüchtig, diese Worte auszusprechen.

Stattdessen küsste er sie. Hart, tief und hungrig.

„Ich kann dir kein Für Immer bieten, aber ich kann dir

ein Hier und Jetzt geben", sagte er, als er den Kuss unter-brach. „Wird das ausreichen?"

„Nein", flüsterte Kira, obwohl sie ihre Arme um seinen Hals schlang und ihre Lippen wieder auf seine drückte. Ihre Nägel kratzten über seinen Schädel und Hals, ihre Zunge kam seiner beharrlich entgegen.

Kira wich zurück und entledigte sich ihres Oberteils. Anschließend befreite sie Asher von seinen Boxerbriefs.

„Kira, bist du dir sicher – "

„Hör auf zu reden", sagte sie, umfasste seinen Kiefer und küsste seine Halsseite.

Als Kira ihn nach hinten auf das Bett schubste und sich rittlings auf seine Hüften setzte, war sich Asher ziemlich sicher, dass er noch immer träumte. Als sie seine Härte packte, zu ihrer Mitte führte und sich langsam Zentimeter für Zentimeter auf sie senkte, dachte Asher, er würde sterben.

Kira legte ein langsames, zermürbendes Tempo fest, zerstörte ihn, verbrannte ihn, nahm alles von ihm.

Befreite ihn.

Asher packte ihre Hüften und starrte zu ihr hoch, während sie ihre blonde Mähne nach hinten warf und ihre Brüste hüpften. Er bewegte sich mit ihr, stieß nach oben in ihre Enge, fühlte jeden Zentimeter ihrer fantastischen, feuchten Hitze. Fantasie und Realität vermischten und verzerrten sich, während sich sein Körper zusammenzog und ihm seine streng aufrecht erhaltene Kontrolle entglitt, bis er und Kira eins zu werden schienen.

Ihre Körper und Seelen verschmolzen miteinander. Sein Bär war befreit, brüllte nach Erfüllung in dem verzweifelten Sehnen, Anspruch auf sie zu erheben, seine Gefährtin auf ewig zu markieren. Irgendein kleiner Teil Ashers gelang es, sich zurückzuhalten und diesen Moment ziehen zu lassen.

Als Kira explodierte und seinen Namen schrie, während ihr Körper seinen zuckend umschloss, war Asher verloren.

Lange Moment war er nicht Asher. Sie war nicht Kira. Sie waren nichts und alles zugleich. Sie waren ein Staubkorn im Kosmos, ein strahlender Lichtfunken in einem langsam sterbenden Universum.

Asher kam mit einem Schrei, sein Körper löste sich auf. Kira brach auf ihm zusammen und rang um Atem. Asher hielt sie einfach nur fest, paralysiert und unwillig, irgendetwas zu verändern.

Selbst als ihre Tränen kamen und er deren feuchte Wärme auf seiner Brust fühlte, bewegte sich Asher nicht. Er tröstete sie auf die einzige Art, die er konnte, weil es ihm an den Worten mangelte, um ihr Frieden zu schenken.

Als seine Augen langsam zufielen, wusste ein kleiner Teil von ihm, dass er am Morgen aufwachen und sie fort sein würde.

9

„Wohin gehst du?"

Kira stoppte, ihre Hand an der Eingangstür. Asher verfügte, wie es schien, über irgendeinen übernatürlichen Sinn, wenn es um ihren Aufenthaltsort ging. Sie hatte gewartet, bis er in den Fitnessraum gegangen war, um mit Gabriel zu trainieren, hatte beobachtet, wie er sich umgezogen und einen Schwertkampf begonnen hatte.

Und dennoch war er jetzt hier, ihr direkt auf den Fersen. Einst hatte sie sich nach ihm gesehnt und gefragt, wo er wohl war, was er wohl tat. Jetzt konnte sie ihn nicht abschütteln, wenn sie es wollte, nicht einmal bei einem so persönlichen Vorhaben.

„Ich muss raus", erklärte sie, nicht in der Lage, die Kraft aufzubringen, um ihn anzuschauen, geschweige denn sich mit ihm zu streiten. Die Situation zwischen ihnen war so zerbrechlich, seit sie vor einigen Tagen endlich Sex gehabt hatten, und Asher schien unfähig zu sein, sie aus seinen Augen zu lassen. Dann war es eben so.

„Ich komme mit dir", verkündete er.

„Schön." Kira lief aus der Eingangstür, die Schlüssel

zum Mercedes SUV der Wächter in der Hand. Die Sonne stand hoch und hell am Himmel. Es war ein windiger Tag, der eine leichte Kühle mit sich brachte. Der Herbst war endlich voll und ganz in New Orleans angekommen und vertrieb die Sommerhitze. Das war Kira momentan nur recht.

Zu ihrer Überraschung machte Asher keinen Kommentar zu ihrer Laune. Er setzte sich mit einer Art ruhiger Geduld auf den Beifahrersitz und ließ ihr ihren Freiraum. Kira schaltete das Navigations-System ein und gab die Adresse ein, die sie vorhin nachgeschlagen hatte.

Die Autofahrt verlief schweigend, was perfekt war. Nach einer fünfzehnminütigen Fahrt lenkte Kira das Auto auf einen uralt aussehenden Friedhof mit hoch aufragenden schmiedeeisernen Toren. Links und rechts von der unbefestigten Straße erhoben sich bröckelnde Mausoleen und gesichtslose Engelstatuen, um eine scheinbar endlose Wand zu formen, die sie beständig begleitete.

Kira warf einen prüfenden Blick auf ihr Handy und fuhr zum am weitesten entfernten Teil des Friedhofs. Die Mausoleen wurden weniger und wichen kleineren Grabsteinen, dann nachlässig markierten Gedenktafeln. Kira schluckte, denn sie erinnerte sich nur allzu gut an diesen Ort. Sie war hier nicht mehr gewesen, seit sie dreizehn oder vierzehn gewesen war, aber dieser Ort hatte sich tief in ihr Gedächtnis eingegraben.

Als sie den SUV schließlich parkte und ausstieg, holte Kira tief Luft. Asher lief mit nachdenklicher Miene um die Seite des Autos. Sie hatte Überraschung von ihm erwartet, vielleicht eine Frage, warum sie auf einem Friedhof waren.

Stattdessen reichte er ihr seine Hand.

Kira nahm sie und schüttelte den Kopf, um die Tränen zurückzudrängen. Sie hatte noch nicht einmal die Gedenktafel erreicht. Asher überraschte sie abermals, indem er den Weg anführte, einen Großteil der Zementgedenktafeln umging und direkt auf Kiras Ziel zuhielt. Sie konnte sich nicht dazu überwinden, ihn zu fragen, woher er es wusste, denn ihr Mund war staubtrocken.

Asher stoppte und ließ ihre Hand los, deutete auf eine Tafel einige Schritte entfernt. Kira lief wie betäubt dorthin und sah hinab, um zu entdecken, was sie gesucht hatte.

Hudson, war alles, was auf der Tafel stand. Keine Vornamen. Kein '*In liebender Erinnerung*'.

Das Gemeinschaftsgrab ihrer Eltern war nur ein Punkt auf dem Radar, ungesehen und unbeachtet von der Welt. Kira sog scharf Luft ein, während sie auf sie hinabschaute und das vertraute Gefühl von tausenden unbeantworteten Fragen spürte, die an die Vorderfront ihrer Gedanken drängten und ihr Herz füllten.

Hier lag ihre Mutter, die Frau, die einfach gestorben war und Kira bei ihrem Vater zurückgelassen hatte. Als Oma Louise Kira als Kind hierher gebracht hatte, hatte sie besonders viel Wert darauf gelegt, Kiras beiden Elternteilen zu gedenken, wodurch Kira zu der Überzeugung gelangt war, dass die Überreste ihres Vaters ebenfalls hier ruhten.

Oder im Meer verloren waren, ein tragischer Unfall auf der Ölbohrinsel.

Jetzt war sie sich nicht mehr so sicher. Ihre Großmutter hatte Kira vor vielem abgeschirmt, sogar ihren eigenen knospenden magischen Fähigkeiten. Vielleicht war Kiras Vater, gramerfüllt und belastet mit einem jungen Kind, einfach losgezogen, um einen Karton Milch zu kaufen und nie zurückgekehrt. Kiras Großmutter hatte ihre Tochter immer offen betrauert, ihre Trauer war greifbar gewesen. Selbst als Kind hatte Kira keine Fragen gestellt, weil sie Oma Luise weiteren Kummer hatte ersparen wollen.

Kira wünschte sich jetzt mehr als alles andere, dass sie mehr gefragt hätte. Ein Kloß formte sich in ihrer Kehle, während sie an ihre Großmutter dachte und sie dachte sich, dass sie diesen speziellen Besuch vielleicht hätte

auslassen sollen, um stattdessen das Grab ihrer Großmutter in Union City zu besuchen. Das Grab der Frau,
die immer für sie da gewesen war, die sich um sie geküm-
mert hatte, wenn es niemand anderes getan hatte oder
konnte.

Das war die Person, die ihren Respekt verdiente.

Kira wandte sich von dem Grab ab und kämpfte gegen
die Tränen an, die ihr in die Augen getreten waren, gegen
den wortlosen Klagelaut, der sich in ihrer Kehle aufbaute.
Sie sah eine Steinbank neben dem Pfad, rannte halb darauf
zu und seufzte, als sie auf die steinerne Sitzgelegenheit sank.
Ihr Kopf sackte nach unten und ihre Hände hoben sich, um
ihr Gesicht zu umfassen.

Zum zweiten Mal in kürzester Zeit weinte Kira.
Schluchzer schüttelten ihren Körper, bis es sie schmerzte,
und verebbten dann zu stummen Tränen. An irgendeinem
Punkt nahm Asher neben ihr Platz und legte eine Hand auf
ihren Rücken, tröstete sie und streichelte ihre Haare. Kira
ließ einfach alles aus sich fließen, bis nichts mehr übrig war,
nicht ein einziges Fitzelchen Trauer, das ausgedrückt hätte
werden können.

Nach einer Weile wischte sie über ihr Gesicht und sah
auf, starrte auf das Grab ihrer Eltern. Eine einzige Frage
beherrschte jetzt ihre Gedanken und sie galt nicht ihren
Eltern, sondern ihrem Gefährten.

„Woher wusstest du, wo sie begraben sind?", fragte sie,
wobei sie Asher nicht ansah, obwohl nur wenige Zentimeter
sie trennten.

Asher räusperte sich und rutschte auf seinem Platz
herum. Er schwieg lange Zeit, so lange, dass Kira schon
dachte, er würde nicht antworten. Sie blickte zu ihm und
war überrascht, den emotionalen Aufruhr in seinem Gesicht
zu sehen. Er rieb sich mit einer Hand über das Gesicht.

„Ich bin älter als du", sagte er.

„Ich weiß." Kira warf ihm einen seltsamen Blick zu.

„Nein, ich meine… sehr viel älter. Fünfzig Jahre älter als du", erklärte Asher.

Kiras Augenbrauen schnellten in die Höhe.

„Was? Nein, du bist nur…" Sie hielt inne und dachte darüber nach, dann formulierte sie den Gedanken neu. „Du bist langsamer gealtert als ich."

„Sehr viel langsamer", sagte er seufzend. „Ich wuchs in Union City auf, als es noch viel ländlicher war. Als die Leute anfingen, in die Stadt zu ziehen, bemerkten sie, dass ich nicht alterte. Also zog ich um."

„Wohin?"

„Ich ging nach Atlanta, New York, St. Louis. Viele Orte. Verdiente ein Schweinegeld mit Aktien", erzählte er, während er auf seine Füße starrte. „Ich kam ab und zu zurück, um nach meiner Familie zu sehen. Meine Schwester hatte eine ganze Schar Kinder, weshalb ich mich vergewisserte, dass es ihnen an nichts fehlte. So habe ich auch dich kennengelernt, bei einem Heimatbesuch."

Kira sog Luft ein und stieß sie aus.

„Das beantwortet meine Frage aber nicht wirklich", merkte sie an.

„Dazu komme ich noch", beruhigte Asher sie. „Ich kannte deine Großmutter flüchtig. Sie war eine Kith, genauso wie deine Mutter. Sie gehörten zu den wenigen Leuten, die von mir wussten, die wussten, was ich bin. Ich habe sogar deinen Vater einmal getroffen, direkt nachdem deine Eltern geheiratet hatten. Dann ging ich wieder und reiste eine Weile durch Europa. Als ich zurückkam, begegnete ich dir. Tatsächlich, um ehrlich zu sein, sah ich dich zwei Jahre, bevor du mich sahst. Du warst zu jung und ich wollte dich zu sehr. Also ging ich und wartete."

Kira starrte ihn mit offenem Mund an, unfähig, Worte oder Gedanken zu formulieren. Asher sagte nichts mehr und irgendwann brachte Kira einen vollständigen Satz zustande.

„Du… du kanntest meine Eltern. Du kanntest meine Großmutter", wiederholte sie.

„Jep. Wenn du mich fragst, Miss Louise war eine fantastische Frau. Sie mochte mich auch. War mit unserer Verbindung einverstanden, als sie davon erfuhr."

Kira konnte fühlen, dass ihre Augen hervorquollen.

„Du hast mir nie irgendetwas davon erzählt!", beschwerte sie sich und boxte ihm gegen den Arm. „Zum Donnerwetter, Asher! Warum hast du nichts gesagt?"

„Es war nicht wichtig, was ich sagte. Die Dinge zwischen uns waren entschieden, nachdem ich dich zum ersten Mal erblickte und es gab nichts, das ich hätte tun können, um es zu ändern."

„Was soll das überhaupt heißen?", heulte Kira, deren Frust überkochte.

„Deine Großmutter war wundervoll, aber sie hat dir einige Dinge nicht erzählt. Wirklich wichtige Dinge, Sachen über deine Eltern. Sie nahm mir das Versprechen ab, zu schweigen, also tat ich das… Aber ich werde es dir erzählen, wenn du es wirklich wissen möchtest."

„Natürlich möchte ich es wissen! Ich will alles wissen!", sagte Kira mit vor Wut lauter werdender Stimme.

„Du wirst dich danach nicht besser fühlen", warnte Asher sie, dessen Stimme absolut emotionslos war.

„Diese Entscheidung liegt bei mir, nicht dir und auch nicht Oma Louise", entgegnete Kira verärgert. „Ich bin kein verdammtes Kind mehr, Asher. Erzähl es mir!"

„Deine Mutter war eine weiße Hexe. Ihr Spezialgebiet war die Fruchtbarkeit. Sie stellte Tränke her und wirkte Zauber, um den einheimischen Frauen dabei zu helfen, ihre Babyträume wahr werden zu lassen. Sie war sehr beliebt, fügte nie auch nur einer Fliege ein Leid zu. Die liebste Person in der Welt." Asher machte eine Pause und holte tief Luft. „Sie war eine reine Seele, genauso wie du. Und weil sie so rein war, zog sie sehr viel dunklere Seelen an. Sie war ein wahrer Magnet für Probleme, genauso wie du. Dein Dad war nicht der netteste Kerl. Nicht einmal annähernd. Aber er sah deine Mom und verliebte sich auf den ersten Blick in sie und nichts in der Welt hätte ihn aufhalten können. Deine Mom war so jung und lieb, sie wusste nicht…"

Asher stoppte und Kira musste ihn mit ihrem Ellbogen anstoßen, damit er weitersprach.

„Du hast deine Kräfte, weil die weiße Magie deiner Mutter die zerstörerische, chaotische Magie deines Vaters ausgleicht. Der Name deines Vaters ist Rezeal und er ist ein Todesengel."

Asher hielt in seiner Erzählung inne und ließ Kira das Gehörte verdauen.

„Ist?", flüsterte sie überrumpelt. „Mein Vater lebt noch?"

Asher machte eine unbestimmte Geste.

„Sozusagen. Man kann einen Todesengel nicht töten, ganz egal wie schwarz seine Seele wird. Deine Mutter wurde vom Herrn der Hölle getötet, einem der stärksten lebenden Dämonen. Der Dämon versuchte eigentlich, deinen Vater zu erwischen, und tötete dabei deine Mutter.

Rezeal… er war danach nie wieder der Alte. Der Tod deiner Mutter hat ihn verändert, hat alles Gute ihn ihm böse gemacht. Du warst so ziemlich die einzige Person in der Welt, die ihn nicht fürchtete, weil du wusstest, dass er dich liebt."

Kira fühlte eine weitere Träne über ihr Gesicht kullern, obwohl sie nicht einmal bemerkt hatte, dass sie wieder weinte. Anscheinend war das in letzter Zeit das Einizige, was sie machte.

„Wenn er mich liebte, warum ist er dann gegangen?" Sie hörte den jämmerlichen Klang ihrer Stimme, das fünf-jährige Mädchen in ihrem Innern, das nach Wissen dürstete und sich fragte, was es falsch gemacht hatte.

„Er hat dich eines Tages angegriffen", sagte Asher langsam und ballte die Fäuste. „Deine Großmutter hat mir ihre Seite der Geschichte erzählt und es klang, als hätte sie ihn weggejagt, nachdem er dich in einem Anfall trunkener Tobsucht geschlagen hatte. Du warst kaum alt genug, um dich wehren zu können."

„Oma Louise verfügte über genügend Magie, um einen Todesengel zu verscheuchen?", fragte Kira misstrauisch. „Sie hatte kaum genug Macht für ihre eigenen Zaubersprüche."

„Ich glaube, sie hat einen Großteil ihrer Magie aufgegeben, um dich zu beschützen. Letzten Endes hat dein Vater allerdings einen Weg zurück nach Union City gefunden. Das war direkt, nachdem ich dich zum ersten Mal gesehen hatte, nur wenige Tage später. Ich folgte dir durch die Stadt und sah, dass dein Vater dich ebenfalls verfolgte. Er stellte mich zur Rede, sagte mir… nun, den Teil musst du nicht hören. Es war krank, widerlich. Kira… er wollte dir schaden."

Als Asher zu ihr hochsah, seine Augen so schwarz wie die Nacht, verstand Kira.

Er legte ein Geständnis ab.

„Es tut mir leid, Kira. Ich weiß, er ist dein Vater, aber ich konnte nicht…" Asher gab einen gequälten Laut von sich. „Ich konnte ihn nicht in deine Nähe lassen. Ich machte mich auf die Suche nach jemandem, der ihn verschwinden lassen könnte… So habe ich Mere Marie gefunden. Deswegen stehe ich in ihrer Schuld, so lange sie meine Dienste wünscht."

„Was hast du getan?", fragte Kira mit zitternder Stimme.

„Ich war früher ein echter Gestaltwandler", erklärte Asher mit einem humorlosen Lächeln. „Ich konnte alles und jeder sein. Ich gab Mere Marie meine magischen Kräfte im Austausch dafür, dass sie dich beschützte und Rezeal blind

77

für deine Gegenwart machte. Er konnte für immer nach dir suchen und würde dich nie finden, dir nie schaden."

„Ich verstehe nicht. Du kannst dich immer noch in einen Bären verwandeln, oder nicht?"

„Sie hat mir dieses eine Stück gelassen, ja. Ich denke, sie hatte Mitleid mit mir, was schon etwas heißt. Mere Marie lässt sich nicht oft von Emotionen leiten. Wie auch immer, ich ging den Handel ein. Ich dachte, ich wäre so klug, dass ich Rezeal besiegt hätte. In Wahrheit habe ich nur mein eigenes beschissenes Leben ruiniert."

Kira erlaubte der Stille sich eine Weile zwischen ihnen auszudehnen, während sie alles durchdachte.

„Du hast dich nicht ferngehalten", stellte sie fest.

„Wie bitte?"

„Du und ich, wir lernten uns kennen, als ich in der Highschool war. Du bliebst eine Weile, dann gingst du. Wenn du all das wusstest, warum bist du überhaupt zurückgekommen?", fragte sie verwirrt.

„Dein Vater fand heraus, dass wir Gefährten waren. Er realisierte, dass er, wenn er mir folgen würde, dich in meiner Nähe finden könnte. Eine Woche, bevor ich Union City verließ, begann ich kleine Anzeichen seiner Präsenz zu sehen. Mir wurde recht schnell klar, dass ich dich verlassen würde müssen. Dann hast du mich eines Nachts angesehen, jene Nacht in meinem Bett, vor dem Lagerfeuer... Ich wollte nicht, dass du dich in mich verliebst, so wie ich mich in dich verliebt hatte. Das war dir gegenüber nicht fair."

Kiras Herz sprang ihr bei seinen Worten in die Kehle.

„Du liebtest mich?", fragte sie, ihre Stimme kaum mehr als ein Flüstern.

„Liebe. Präsenz", sagte Asher und wandte den Blick mit finsterer Miene ab. „Ich wollte nicht, dass du es weißt, aber ich kann es auch nicht ertragen, dass du es nicht weißt. Du machst das mit mir, Kira. Machst mich... unsicher."

„Kann mein Vater uns im Herrenhaus finden?", fragte

Kira langsam, darum bemüht, einen Silberstreifen am Horizont zu finden.

„Ich bin mir nicht sicher", gestand Asher, der ihr immer noch nicht in die Augen sah. „Er ist einfach… er ist so verdammt mächtig Kira und er will dich so sehr. Ich kann das Risiko nicht eingehen. Selbst die Möglichkeit, dass du verletzt wirst, ist schon zu viel. Ich könnte damit nicht leben."

Kira war überwältigt. Es gab zu viel, worüber sie nachdenken, was sie in Erwägung ziehen musste. Zu ihrer Überraschung war das vorwiegende Gefühl Traurigkeit um Ashers willen, weil er diese Bürde so lange Zeit ganz allein geschultert hatte.

Er hatte sie sehr verletzt, aber es war offensichtlich, dass Asher sich selbst noch mehr geschadet hatte. Und das alles nur, um sie zu beschützen auf die einzige Weise, die ihm eingefallen war.

Asher erschrak, als Kira ihre Arme um ihn schlang, ihn fest umarmte und einen Kuss auf seine Schulter drückte.

„Ich weiß nicht, was passieren wird", sagte sie, ihre Stimme eigenartig ruhig. „Ich weiß nicht, wann oder ob wir uns wieder trennen müssen und das ist das schlimmste Gefühl von allen. Aber ich habe dich jetzt und du hast mich. Vielleicht… vielleicht, nur für heute Nacht… Kannst du mich nach Hause bringen, ins Bett?"

Asher wandte sich um und küsste sie und Kira konnte all seinen Schmerz und Begehren und Angst fühlen, da er sie in die Umarmung legte. Sie verstand es vollkommen, genauso wie sie jetzt ihren Gefährten verstand. Um Asher und Kira tobte ein gefährlicher, unaufhaltsamer Sturm und sie waren direkt in dessen Auge gefangen und erwarteten den Wolkenbruch.

Es hatte keinen Zweck zu weinen, oder? Sie würde einfach jeden Moment mit Asher genießen, der ihr gewährt wurde.

10

Nach vollen dreißig Stunden, in denen sie die verlorene Zeit nachgeholt hatten, hauptsächlich indem sie sich zwischen Runden atemberaubendem Sex gestritten hatten, schmollte Kira, als Asher gehen musste, um seinen Patrouillendienst als Wächter zu verrichten. Anscheinend gab es noch einen vierten Wächter, aber aus unerklärlichen Gründen hatte der Kerl eine Art Urlaub genommen. Daher konnte Asher nicht lange Patrouillen auslassen, ohne Rhys, Gabriel und ihre Gefährtinnen einem unzumutbaren Stress auszusetzen.

Kira wachte auf, lange nachdem Asher gegangen war, streckte sich und lächelte über die köstliche Wundheit, die sie in jedem Zentimeter ihres Körpers verspürte. Die hatte sie sich verdient, das war mal sicher.

Nachdem sie ein verführerisches taubengraues Baumwollkleid übergestreift hatte, verließ Kira den Schlupfwinkel, um nach Essen zu suchen. Sie erhielt ein Sandwich und einen Beilagensalat von Duverjay, der es irgendwie schaffte, Kiras liebste Speisen zur Hand zu haben, ohne dass sie ihm vorher Bescheid gegeben hatte.

Sie saß an der Kücheninsel aus Granit und stöhnte

beinahe wegen der fantastischen Qualität des Essens, das Duverjay zubereitet hatte. Als ihr Magen voll war, nippte Kira an einer Tasse französischen Presskaffees.

„Mann, der ist gut", seufzte sie. „Duverjay, ist der Kaffee von hier?"

„*French Truck Coffee*, Madame", informierte Duverjay sie. „Ich glaube, es ist eine Chiapas-Mischung aus Mexiko. Organisch!"

Kira hob eine Braue.

„Kaffee ist eine meiner Leidenschaften", erklärte Duverjay. „In New Orleans gibt es einige der besten Kaffeeröstereien des Landes, wissen Sie."

„Verstanden", sagte Kira nickend. Zu ihrer Erleichterung erschien Mere Marie, bevor Duverjay sie noch weiter belehren konnte.

„Ah, Kira. Du bist wieder aufgetaucht", stellte Mere Marie fest und bedachte Kira mit einem langen Blick.

„Ähhh… ja", murmelte Kira in ihre Kaffeetasse.

„Asher hat mir erzählt, dass er dir einige Details über deine Vergangenheit verraten hat", sagte Mere Marie, die forschend in Kiras Gesicht blickte. „Insbesondere über deine Eltern."

„Ja", seufzte Kira. „Anscheinend ist mein Vater ziemlich beängstigend. Ich bin verloren, Asher ist verloren. Und so weiter. Das ist alles, worüber ich die letzten zwei Tage nachgedacht habe. Also bin ich im Moment ein wenig erschöpft."

„Ich bin Rezeal nur einmal begegnet, als ich Asher zurück nach Union City begleitet habe. Ich bin nicht sonderlich erpicht darauf, ihn nochmal zu treffen", erzählte Mere Marie.

Auf ihre Worte hin verknotete sich Kiras Magen. Mere Marie war, Kiras Ansicht nach, fürchterlich mächtig. Welche Art von Macht musste jemand haben, um eine legendäre Voodoopriesterin einzuschüchtern?

„Ich hoffe, dass ich nie die Gelegenheit dazu bekomme", erwiderte Kira achselzuckend. „Ich weiß nicht, was ich sonst tun soll. Nur… dass ich mich vor meinem Vater verstecken muss, für immer, bis ich eines natürlichen Todes sterbe. Wie lange leben Reviver im Allgemeinen?"

„Einige hundert Jahre mindestens."

„Klasse. Also… nur noch, was… zweihundertvierzig Jahre aufwärts, die ich mich verstecken muss? Und ich kann sie vermutlich nicht einmal mit Asher verbringen?" Kira stöhnte und presste ihre Fingerspitzen an die Schläfen.

Mere Marie setzte sich neben Kira an die Kücheninsel, verschränkte ihre Finger ineinander und bedachte Kira mit einem nachdenklichen Blick.

„Ich denke, es gibt einen Grund, warum du von den vermeintlich mysteriösen Entführern vor unserer Türschwelle abgesetzt wurdest", sagte Mere Marie.

„Du denkst, dass mein Vater etwas damit zu tun hatte?", fragte Kira erschrocken.

„Nein. Hier in New Orleans wächst eine dunkle Kraft heran, angeführt von einem Voodookönig namens Pere Mal", erklärte Mere Marie. „Ich glaube, er hat irgendwie von deinen Eltern erfahren. Ich kann nur vermuten, dass er etwas plant und dass das der Grund für deine Entführung war."

„Was könnte er sich davon nur versprechen?"

Mere Maries Lippen verzogen sich zu einem dünnen Strich.

„Ich habe keine Ahnung. Vielleicht glaubt er, dass er dich bei Rezeal eintauschen kann… Aber andererseits, warum sollte er dich dann bei uns abliefern? Das ergibt keinen Sinn."

„Du denkst, Pere Mal würde wissen, wie man Rezeal heraufbeschwört? Angenommen, dass er eine Art bösen Plan im Sinn hat", sagte Kira und neigte den Kopf nachdenklich zur Seite.

„Ich hege keinerlei Zweifel daran, dass er einen Weg finden könnte, wenn er das wollte. Er ist gerissen, nicht zu vergessen beharrlich."

„Macht das Rätsel, dass ich entführt wurde, nur noch rätselhafter, oder nicht?", meinte Kira.

„Das tut es. Ich kann mir nur vorstellen, dass es etwas mit Asher zu tun hat. Ich weiß nur noch nicht inwiefern. Bei Cassie war es für Pere Mal wichtig, dass sie Gabriel fand…" Mere Marie verdrehte die Augen nach oben, während sie nachdachte.

„Warum?", fragte Kira.

„Nachdem er die Kontrolle über Cassie verloren hatte, hat Pere Mal anscheinend realisiert, dass er das Orakel in ihr kontrollieren könnte… aber erst dann, wenn Cassie schwanger ist." Mere Maries Blick wanderte über Kiras Körper und Kira erbleichte.

„Ich kann nicht schwanger sein", informierte Kira sie. „Ich habe ein Hormonimplantat. Es muss etwas anderes sein."

„Nun, manche Wesen erreichen ihre vollen Kräfte erst, wenn sie sich mit ihren Gefährten vereinigen. Ich nehme an, ich muss weitere Nachforschungen zu Revivern anstellen, aber das ist eine Möglichkeit. Außer du und Asher habt den Akt damals in Union City vollzogen – "

„Nein", sagte Kira kopfschüttelnd. „Ich weiß nicht. Wenn sich meine Kräfte verändert hätten, meinst du nicht, dass ich es irgendwie gemerkt hätte?"

„Vielleicht", erwiderte Mere Marie achselzuckend. „Vielleicht nicht."

„Ich schätze, dann bleibt es ein Rätsel", sagte Kira.

„Wir werden uns etwas überlegen, Kira. Du wirst nicht für immer auf der Flucht sein." Mere Marie tätschelte unbeholfen Kiras Hand.

„Ich habe nichts dagegen, mich zu verstecken", sagte Kira, die laut nachdachte. „Es ist nur… ich kann mich nicht damit abfinden, Asher zurückzulassen. Rezeal kann ihn jederzeit finden und ihm schaden. Eigentlich könnte er jedem von euch schaden. Asher sagte, dass mein Vater entschlossen ist, mich zu finden. Er hat fast unerschöpfliche Kräfte. Irgendwann wird er jemanden finden, der mich kennt und denjenigen quälen, bis er ihm erzählt, was er wissen will. Selbst wenn er sich Asher nicht als Ersten holt, wird mein Vater ihn an irgendeinem Punkt aufsuchen. Das ist der direkteste Weg, um Zugriff auf mich zu bekommen."

„Kira… mir gefällt nicht, wohin das führt", sagte Mere Marie mit finsterer Miene. „Nichts ist unvermeidbar und Asher kann auf sich selbst aufpassen. Wir fanden schon mal eine Lösung. Wir werden wieder eine finden."

Kira blickte zu der älteren Hexe hoch und schenkte ihr ein halbherziges Lächeln.

„Sicher."

„Setz dir bloß nicht irgendwelche Flausen in den Kopf, wegzulaufen und die ganzen bösen Kerle allein zu bekämpfen. Der Himmel weiß, dass wir das hier schon zur Genüge erlebt haben", lamentierte Mere Marie.

„Okay", sagte Kira und nippte an ihrem Kaffee.

Mere Marie tätschelte ihre Hand nochmal und erhob sich dann, um zu gehen.

„Alles wird gut werden", versicherte Mere Marie ihr, als sie ging und warf Kira einen bedeutungsschwangeren Blick zu.

Kira nickte, aber die Bewegung war leer. Ihr Herz war immer noch in Aufruhr, ihr Geist ruhelos wie nie zuvor.

Nichts war gut und das würde es so lange nicht sein, wie die Situation mit Rezeal über ihrem Kopf hing. Kira hatte nur nicht ganz herausgefunden, wie sie damit umgehen sollte… noch nicht.

*S*päter an diesem Abend trommelte Rhys alle zusammen und verkündete, dass alle Wächter die Nacht frei hätten. Mere Marie verriet ihnen nicht viel, aber anscheinend hatte sie ein paar potenzielle Wächterkandidaten engagiert, die in dieser Nacht patrouillieren würden. Dadurch stand es den aktuellen Wächtern frei, sich ganze vierundzwanzig Stunden zu entspannen.

Irgendwie war es Echo gelungen, Rhys davon zu überzeugen, dass die Wächter alle gemeinsam ausgehen sollten. Das hatte zu einem edlen Abendessen und viiieeel zu vielen Drinks in einem piekfeinen Restaurant namens *Latitude 29* geführt. Kira hatte sich ein umwerfendes saphirblaues, perlenbesetztes Cocktailkleid von Cassie ausgeliehen, die anscheinend mehrere Kleiderschränke voller Designerkleider besaß. Cassie selbst war in ihrer Schwangerschaft zu weit fortgeschritten, als dass sie ihre üblichen auffälligen Kleider hätte tragen können, aber sie war überglücklich gewesen, Kira aufzutakeln.

Dann war da noch Asher. Kira hatte ihn noch nie zuvor in einem Anzug gesehen, geschweige denn einem Smoking. Als er also von Kopf bis Fuß in einen enganliegenden Smoking gekleidet, einschließlich einer Fliege, in sein Schlafzimmer trat, hing Kiras Zunge fast aus ihrem Mund wie bei Willy Kojote.

„Gut?", fragte er und zog eine Braue hoch. Ein Hauch von Humor schwang in seiner Stimme mit, also war Kiras Starren mehr als ein wenig offensichtlich gewesen.

„Sehr, sehr gut", antwortete sie errötend.

„Gut genug, dass du stattdessen lieber wieder mit mir ins Bett kommst, anstatt auszugehen?", wollte er wissen und ließ ein verruchtes Grinsen aufblitzen.

„Ich habe Pläne für dich und diesen Smoking", verkündete Kira. „Aber später, nachdem wir aus waren. Ich habe bisher gar keine Zeit in New Orleans verbracht! Ich möchte die Vieux Carré am Abend sehen!"

„Mmmmh… alles klar", sagte Asher, der sie anerkennend musterte. „Ich stimme nur zu, weil du so verdammt heiß in diesem Kleid aussiehst. Ich schätze, ich könnte es ertragen, ein bisschen mit dir anzugeben."

Kira und Asher flirteten die gesamte Mahlzeit über und konnten die Finger nicht voneinander lassen, während die Drinks flossen. Kira machte sich deswegen nicht allzu viele Gedanken, da die anderen Wächter Paare genau das Gleiche zu tun schienen. Sogar Cassie, die aus offenkundigen Gründen dem Alkohol entsagt hatte, fiel nach dem Abendessen über Gabriel her.

Nachdem sie das *Latitude 29* verlassen hatten, schlenderten sie zu einem Laden in der Nähe des Jackson Square, um sich einen Kaffee zu kaufen, und liefen dann nach Norden zur Rampart Street mit der Absicht, ein Taxi zurück zum Herrenhaus zu nehmen. Die Kopfsteinpflasterstraßen des French Quarter waren feucht vom letzten Regenschauer, Nebel klammerte sich an die hoch aufragenden schmiedeeisernen Balkone und dämpfte die Leuchtkraft der bunten Gebäude um sie herum. Es war ruhig und still, wodurch Kira einen Eindruck davon erhielt, wie ein spät abendlicher Spaziergang durch New Orleans vor hundert Jahren ausgesehen haben könnte.

Arm in Arm mit Asher laufend, lehnte sich Kira an ihn und sog seinen würzigen, maskulinen Duft tief ein. Allein ihn zu riechen, ließ die Schmetterlinge in ihrem Bauch herumflattern, weswegen sie wahrscheinlich durchdrehen hätte sollen.

Ich liebe ihn, dachte sie und ließ ein beschwipstes Kichern verlauten. Die anderen zwei Paare liefen vor ihnen, wodurch sie Asher und Kira ein wenig Privatsphäre schenkten.

„Was ist so lustig?", erkundigte sich Asher und blickte auf sie hinab.

„Ohhhhh, nichts", antwortete Kira, aber ein prustendes Lachen entwischte ihren Lippen.

„Süß", sagte Asher mit einem Grinsen.

„Halt den Mund. Das ist alles deine Schuld. Du bist derjenige, der mich betrunken gemacht hat."

„Wenn ich mich richtig erinnere, warst du diejenige, die darauf bestanden hat, einen letzten Rum Keg zu bestellen", wandte Asher ein.

„Was ist mit all den Drinks vor diesem?"

„Keine Ahnung, wie das passiert ist", erwiderte Asher gespielt unschuldig.

„Du siehst in diesem Anzug viel zu gut aus", beschwerte sich Kira, deren Gehirn die Spur wechselte.

„Das sagt die Richtige."

„Ich trage keinen Anzug!", gackerte Kira.

Asher schüttelte den Kopf und küsste ihre Wange, während er sie zurück zum Gehweg führte. Okay, vielleicht hatte sie es mit dem letzten Drink etwas übertrieben. Als sie ungefähr einen Block von der Stelle entfernt waren, wo sie ein Taxi zu erwischen hofften, verlangsamte Asher seine Schritte, bis er schließlich stehen blieb und Kira mit einer Hand zurückhielt.

Kira sah auf und entdeckte, dass Rhys und Gabriel genau das Gleiche taten.

„Schhh", warnte Asher sie und schaute sich um. Er führte Kira zu dem tiefliegenden Eingang des Gebäudes, das sich direkt rechts von ihnen befand, und drückte sie gegen die geschlossene Tür einer Kunstgalerie, deren Läden heruntergelassen waren.

Kira wollte auf die Straße spähen, denn die Neugier stieg zusammen mit ihrem Puls an, aber Asher blockierte ihre ganze Sicht. Er beschützte sie mit seinem großen Körper, aber vor was?

„Rühr dich nicht vom Fleck", knurrte Asher über seine Schulter.

Kira verspannte sich, als er verschwand und die Straße zu den anderen hochlief. Unfähig, sich zurückzuhalten, streckte sie den Kopf um den Türrahmen. Sie keuchte, als sie zwei Dutzend Gestalten in dunklen Roben sah, deren Gesichter von schweren Kapuzen verhüllt wurden. Sie schienen auf Asher, Gabriel und Rhys zuzuschweben, während die Wächter nebeneinander mitten auf der Straße Stellung bezogen. Als die Kreaturen näher kamen, konnte Kira deren kräftige rote und schwarze Auren sehen, die sie umhüllten und ihr eine Gänsehaut über den Körper jagten.

Gabriel hielt einen dünnen silbernen Zauberstab, aber Asher und Rhys waren unbewaffnet. Kiras Herz sprang ihr in die Kehle, als sich die Wächter wie eine Einheit bewegten, bereit, es mit ihren Feinden aufzunehmen.

„Echo, führ einen Tarnzauber durch!", brüllte Rhys.

Ohne zu warten, ging Rhys in die Hocke und verwandelte sich. Ein kolossaler, umwerfender Bär erschien. Asher folgte seinem Beispiel und Kira war erstaunt von der Schönheit seiner Bärengestalt. Er war ein atemberaubender Grizzly, seine gebleckten Zähne und aufgestelltes Fell ließen ihn nur noch beeindruckender wirken.

Asher und Rhys stürzten sich auf die ersten Gestalten in Roben, während Gabriel sich zurückfallen ließ und ein orangenes Licht seine Hände umgab, als er irgendeinen Zauber wirkte. Er begann Feuer auf die herannahenden Feinde zu schleudern, obwohl sie es kaum zu bemerken schienen, wenn ihre Roben zu rauchen und in Flammen aufzugehen begannen.

Die Wächter drängten die Kreaturen den Block hoch und Kira hoffte entgegen aller Vernunft, dass keine unschuldige Schar Touristen über diese Szene stolperte. Asher zerfetzte einen der Feinde in zwei Hälften und erschrak dann, als es eine Stichflamme gab, die nur noch dunkle Asche hinterließ.

Kira beugte sich noch weiter aus dem Türrahmen und fing Echos Blick auf. Echo zögerte, dann stürzte sie über die Straße zu einem anderen Hauseingang, in dem sich vermutlich Cassie versteckte. Tief einatmend rannte auch Kira los und quetschte sich zu den anderen zwei Frauen in den Eingang.

„Wir müssen ihnen helfen", sagte Cassie mit gequälter Miene.

„Du wirst niemandem helfen. Du musst dich irgendwo in Sicherheit bringen", widersprach Echo, während sie ihren Blick über Cassies gewölbten Bauch gleiten ließ.

„Ich fühle mich so verdammt hilflos", spuckte Cassie kopfschüttelnd aus.

„Es tut mir ja leid, dass zu sagen, aber du kannst nicht einfach allein nach Schutz suchen. Es könnten noch mehr von diesen gruseligen Kapuzentypen hinter der nächsten Ecke lauern", sagte Kira. „Echo, du solltest Cassie in ein Gebäude helfen. Dort drüben um die Ecke ist eine Bar, in der ihr euch verschanzen könnt."

„Wir können alle zusammen gehen", sagte Echo.

„Nein. Ihr zwei geht. Ich werde das Herrenhaus informieren und Hilfe anfordern. Dann folge ich euch", erklärte Kira.

„Oh, Kira…", sagte Cassie.

„Keine Diskussion. Geht!", unterbrach Kira sie, die die Straße überprüfte und anschließend die anderen zwei Frauen Richtung Sicherheit schubste. „Äschert alles ein, das sich euch in den Weg stellt."

Nach einem letzten Blick über ihre Schulter packte Echo Cassies Arm und zog sie fort. Kira zückte ihr Handy und textete Mere Marie und Duverjay. Im Anschluss hängte sie ihre Handtasche um ihren Körper und trat aus dem Hauseingang.

Die Wächter bewegten sich jetzt über eine große Kreuzung und drängten die Angreifer in einen Friedhof. Ein kluger Schachzug, sie von all den spätabendlichen Feierwütigen im French Quarter wegzuscheuchen. Kira trat die Pumps, die sie trug, von ihren Füßen und ließ sie auf dem Gehweg liegen, bevor sie lossprintete, um Ashers verschwindendem Bären zu folgen.

Als sie schließlich die niedrigen weißen Betonwände, die den Friedhof umgaben, hinter sich gelassen hatte, schien sich die Anzahl der Gestalten in Roben verdoppelt zu haben. Gabriel hatte zu irgendeinem Zeitpunkt ebenfalls seine Gestalt gewandelt und die drei Bären metzelten wie wahnsinnig links und rechts die Bösewichte nieder. Feuersäulen schossen jedes Mal in den Himmel, wenn einer getötet wurde, und Kira roch den widerlichen Geruch von verbranntem Fell in der dicken Nachtluft.

Sie ließ sich zurückfallen und schaute zu, weil sie nicht wusste, wie sie helfen konnte. Das Letzte, das sie wollte, war Aufmerksamkeit auf sich zu ziehen und mit einer dieser dunklen Kreaturen kämpfen zu müssen. Das würde die Wächter nur ablenken, die sowieso schon überfordert waren.

Kira wünschte sich, sie hätte einen Zauberstab zur Hand, auch wenn sie keine Ahnung hatte, wie sie irgendeinen Angriffszauber wirken könnte. Sie schlängelte sich zwischen den vom Mondlicht erhellten Gräbern hindurch, um den Kampf aus der Ferne zu verfolgen. Im Dunkeln war es schwer, die drei Bären auseinanderzuhalten und sie hatte Probleme damit, Asher von ihrem Versteck hinter einem hoch aufragenden weißen Mausoleum zu identifizieren.

Als sie jedoch einen fauchenden Schmerzenslaut hörte, wusste sie, dass das Asher war. Etwas in ihrem Inneren regte sich, während sie beobachtete, wie er nach hinten taumelte und einer der dunkel gewandeten Angreifer eine funkelnde

Klinge in die Höhe hielt, von der Ashers Blut rot zu Boden tropfte.

Einen Moment spürte Kira in ihrem Körper, dass etwas nicht stimmte, ganz und gar nicht stimmte. Als hätte ihr jemand ein Messer in den Magen gerammt, sie aufgeschlitzt und ihr etwas Lebensnotwendiges entrissen… was sie eiskalt, zitternd und verständnislos zurückgelassen hatte. Sie spürte, dass sich ein grauer Nebel über ihre Augen legte und wunderte sich kurz, ob sie starb. Oder sogar schon tot war.

Stattdessen schnellten ihre Hände nach vorne und rissen an dem Nebel, der sie überall zu umgeben schien, so greifbar wie dicke Gazestreifen vor ihrem Gesicht. Ohne nachzudenken, steckte sie ihre Hände in den Nebel und teilte ihn in dem Versuch, Asher zu sehen.

Auf einmal erklang ein gewaltiges Donnern aus dem Himmel und dem Boden zugleich, Blitze schossen zu Dutzenden zur Erde, während diese unter Kiras Füßen bebte. Sie fühlte sich merkwürdig ruhig, als ob das völlig normal wäre. Als ob der Donner und das Erdbeben einfach ein Teil von ihr wären, irgendwie.

Dann *fühlte* sie sie. Dutzende von ihnen, obwohl es ihr schwerfiel zu verstehen, was sie waren. Wesen, die sich gerade auf der anderen Seite des durchsichtigen Vorhanges versammelten und ihr ihre Gegenwart entgegenschleuderten. Sie boten ihre Hilfe an, suchten ihre Berührung. Liebkosten sie beinahe.

Kira kniff die Augen zusammen und konnte fast geisterhafte Umrisse durch den Vorhang ausmachen, hirnlose, schwache Geister. Die warteten. Nach ihr riefen. Bereit waren, dass sie… was genau tat?

„Könnt ihr ihm helfen?“, flüsterte Kira den dünnen, schattenhaften Wesen zu.

„Verfüge über uns, Mistress“, kam die gezischte Antwort.

„Greift die Kreaturen in den Roben an", befahl Kira. „Zerstört sie!"

Das Donnern erklang abermals und dieses Mal klappte Kiras Mund auf. Türen von Mausoleen flogen auf, einige Bodengräber spuckten dicke, dunkle Erde. Der Vorhang vor ihren Augen zerriss und sie sah sie.

Die Gestalten erwachten zum Leben. Aber nicht dem richtigen Leben. Nein, sie waren wandelnde Tote.

Weil Kira sie gerufen hatte, sie befehligte.

Kiras Herz schlug wie wild, während sie beobachtete, wie eine Welle kränklicher Leichen mit ruckhaften, unnatürlichen Bewegungen auf die Feinde zuströmte und mit brüchigen Fingern die Kreaturen in ihren Roben zerfetzte, ihre grässlich gebleckten Zähne in die Feinde versenkte, die Asher und die anderen Wächter angriffen.

„Schneller!", spornte Kira sie an und zu ihrer Verwunderung verdoppelten die Wesen ihre Geschwindigkeit und taumelten nicht länger vorwärts. Es mussten mittlerweile fünfzig oder mehr sein, die die Feinde zerstückelten, stöhnten und zischten, während sie arbeiteten.

Obgleich ihr Magen bei diesem Anblick schlingerte, verspürte Kira ein merkwürdiges Hochgefühl. Diese Wesen gehörten *ihr*. Sie hatte sie gerufen, hatte sie zum Leben erweckt und gegen ihre Feinde gewandt. Ihr Herz schwoll vor krankhaftem Stolz an, wobei sie die leisen Worte der Warnung weit in ihren Hinterkopf verbannte. Sie konnte sich nicht konzentrieren, konnte nicht denken…

Kiras winzige Armee zerstörte auch den letzten Angreifer und ein begeistertes Lachen perlte ihre Kehle hoch und brach aus ihr hervor. Sie fühlte sich so stark, so mächtig. Unbesiegbar. Die Empfindung strömte durch ihre Adern gleich einem High, wie es keine Droge der Welt jemals produzieren könnte. Ihre Haut war eng, ihr Herzschlag war außer Kontrolle, ihr Verstand platzte vor ungenutzter, hungriger Energie.

Dann gab Asher noch einen Schmerzenslaut von sich. Kiras Augen flogen auf. Sie konnte sich nicht einmal daran erinnern, sie geschlossen zu haben. Sie stand da, die Arme weit ausgestreckt und umarmte den Nachthimmel.

Wann war das passiert?

Als sie ihre Aufmerksamkeit wieder auf Asher richtete, sah sie, dass ihre Wesen die drei Wächter in einem engen Kreis umzingelt hatten. Die Wächter hatten ihre Rücken einander zugewandt, während sie schnappten und mit den Pranken um sich schlugen in dem Versuch, sich die ruhelosen Toten vom Leib zu halten.

„Stopp!", schrie Kira, der Angst die Kehle zuschnürte.

Ganz plötzlich lösten sich die Wesen in diesen feinen grauen Nebel auf, ächzend und zischend.

„Geht nach Hause!", fauchte Kira, die sich betrogen fühlte.

Der Nebel hob sich und wich zurück, wirbelte und schlängelte zurück auf die andere Seite des durchsichtigen Vorhanges. Die Wesen nahmen in ihrem Nebelkäfig wieder Gestalt an und streckten ihre Arme nach Kira aus, während sie „Mistress! Mistress!" schrien.

„Zu!", brüllte Kira den Vorhang an.

Nichts passierte. Eine schattenhafte graue Hand schoss auf sie zu und packte ihr Handgelenk. Sie begann, sie abzuschütteln, dann sah sie hoch und erstarrte.

Ihren Blick erwidernd, substanzlos, aber unverkennbar, stand dort ihre Oma Louise.

„Oma?", rief Kira, während ihr Tränen in die Augen traten. „Bist du das?"

„Such nicht nach mir, Kira Louise", krächzte ihre Großmutter. „Du musst deine Gabe kontrollieren, so wie ich es auch tat."

„Du warst ein Reviver?", fragte Kira verblüfft.

„Wir haben keine Zeit", sagte ihre Großmutter. Sie hob ein schweres, dunkles Stoffbündel und schob es durch den

Vorhang. Kira nahm es entgegen und beobachtete den Geist ihrer Großmutter mit runden Augen.

„Was ist das?", fragte Kira.

„Schließ den Schleier, Kira. Such nicht nach mir oder jemand anderem. Diese Magie wird deine Seele schwärzen, wenn du nicht aufpasst."

„Aber Oma – "

„Ich liebe dich, Kira. Schließ den Schleier."

Kiras Großmutter gab ihr Handgelenk frei und verschwand in der Masse der nebelhaften grauen Gestalten. Obwohl Kira sie zurückrufen und von ihr beruhigt werden wollte, klingelte ihr noch der drängende Tonfall ihrer Großmutter in den Ohren.

Sie handelte rein instinktiv, streckte ihre Hände weit aus und führte sie dann mit einem lauten Klatschen zusammen, wodurch der Riss im Vorhang geschlossen wurde.

Stille senkte sich auf sie herab.

Sämtliche Energie und Kraft, die sie noch vor Augenblicken besessen hatte, verschwand, wurde ganz plötzlich aus Kiras Körper und Geist gesogen. Kira machte einen wackligen Schritt, dann noch einen. Ihre Knie gaben nach. Sie sank zu Boden, kippte auf ihren Rücken, jegliche Kontrolle war ihr abhanden gekommen. Das Stoffbündel, das sie in Händen hielt, ein hauchdünnes Stück schwarzer Seide, flatterte auf den Boden zu ihren Füßen.

Alles verschwamm vor ihren Augen, als würde ein Tuch über ihre Sinne gelegt. Trotzdem erkannte sie Ashers Berührung, als sie sie spürte, erkannte sie, als er sie in seine Arme zog.

„Sie wollten dir wehtun", murmelte Kira, nicht sicher, welche *sie* sie überhaupt meinte. Die Angreifer in den Roben oder die furchtbaren toten Dinger, die sie aus der Erde gerufen hatte. Ihre Gedanken waren trüb, ängstlich.

„Es ist okay, Schatz. Ich hab dich."

Seine Worte kamen von weit her, aber sie waren alles, was Kira wissen musste.

„Schhh. Schlaf jetzt, Kira."

Hatte sie gesprochen?

Kira ließ los, weil sie wusste, dass sie bei Asher in Sicherheit war. Die Dunkelheit zog sie nach unten, zerrte sie in ein gähnendes Grab aus Nichts und sie ging.

Als Kira ihre Augen aufschlug, fühlte Asher sein Herz vor Erleichterung singen. Er hatte fast zwei Tage lang neben ihr gesessen und beobachtet, wie sich ihre Brust gehoben und gesenkt hatte. Ihr ausgestreckter Körper sah so verheerend klein in seinem großen Bett aus. Er hielt Wache, wartete…

Die Krönung war jedoch, dass er nicht wusste, was zum Teufel passiert war. Sie waren angegriffen worden, die Wächter hatten den Kampf zum St. Louis Friedhof gebracht und dann war alles aus dem Ruder gelaufen. Eine Horde verdammter Zombies hatte sich dem Tumult angeschlossen und die Attentäter in ihren Roben abgeschlachtet. Dann hatten die Zombies die Wächter eingekreist und ihre knochigen Finger ausgestreckt…

Daraufhin hatte Kira geschrien, die Zombies hatten sich in Luft aufgelöst und Kira war wie eine Marionette zusammengebrochen, deren Fäden man durchtrennt hatte. Asher war ziemlich schlimm verletzt gewesen, doch er hatte sich zurückgewandelt und war zu ihr gestolpert. Sie hatte einen Haufen verrückten Schwachsinn gebrabbelt, sich entschuldigt und immer wieder Gefährte gemurmelt.

Und dann… Asher wusste nicht, wie er es beschreiben sollte. Er konnte nur sagen, dass das *Licht* in ihr ausgegangen war. Sie war warm gewesen, ihre Brust hatte sich gehoben und gesenkt, aber es war keine Kira mehr in ihrem Körper gewesen. Sein Bär hatte gespürt, wie sie gegangen war, und gequält gebrüllt.

Zwei Tage. Zwei vermaledeite Tage hatte Asher ihre Hand umklammert. Zwei Tage, hatte er Tränen weggewischt, echte gottverdammte Tränen eines Mannes, der sich nicht einmal an das letzte Mal erinnern konnte, an dem er geweint hatte. Zwei Tage unerträglichen Schmerzes, innen und außen, während sein Körper heilte, aber sein Herz langsamer wurde und verwelkte.

Dann öffnete sie die Augen.

„Kira?", fragte Asher. Sein Bär erwachte zum Leben und freudige Energie durchpulste ihn.

Gefährtin. Gefährtin. Gefährtingefährtingefährtingefährtingefährtin.

„Ash?" Den Spitznamen von ihren Lippen zu hören, war das Süßeste, was Asher jemals vernommen hatte.

„Kira, Baby. Meine Fresse." Er hob sie hoch und auf seinen Schoß, zog sie in eine feste Umarmung. „Du hast mir so eine Heidenangst eingejagt. Oh, fuck."

Eine einzelne, heiße Träne rann über Ashers Wange. Er vergrub sein Gesicht an ihrem Hals, atmete ihren Duft ein, freute sich, als sie ebenfalls einen Arm um seinen Hals schlang.

„Ich… ich glaube, ich habe etwas Schlimmes gemacht", flüsterte Kira.

„Alles ist okay", beruhigte Asher sie. „Die Attentäter sind weg, die Zombies sind weg. Du bist in Sicherheit."

„Zombies!", schrie Kira erschrocken.

Asher wich zurück und legte sie zurück auf das Kissen, während er ihr Gesicht musterte.

„Lass mich dir etwas Wasser holen. Essen", drängte er

sie und drehte sich um, um sein Handy zu suchen, damit er Duverjay eine Nachricht schicken konnte.

Kira erwischte ihn am Handgelenk. Ihr Griff war überraschend kräftig.

„Warte", sagte sie in flehendem Tonfall. „Ash, du verstehst nicht. Die… Zombies. Ich habe sie *gerufen*."

Asher hielt inne und drehte langsam seinen Kopf zurück zu Kira.

„Was?", fragte er.

„Ich habe sie gerufen Ich… habe sie erschaffen. Habe sie zum Leben erweckt", erzählte Kira und verzog ihre Miene. Ihr Gesicht war so weiß wie ein Laken, ihre Finger, mit denen sie sein Handgelenk drückte, zitterten. „Ich hab das getan, Ash. Ich war das!"

Kira brach in Tränen aus, beugte sich nach vorne und vergrub das Gesicht in den Händen.

„Oh, Gott. Was hab ich getan? Was stimmt nur nicht mit mir?"

„Kira, ich bin mir sicher – " Asher griff nach ihr, weil er nicht wusste, was er sagen sollte, doch Kira wich vor ihm zurück.

Ihr Gesicht schnellte nach oben, angstvoll verzogen.

„Oh nein. Oh. *Er* ist es."

„Er? Wer? Schatz, du machst gerade überhaupt keinen Sinn."

„Mein Vater", antwortete sie mit heiserer Stimme. „Das ist die Kraft, die er mir gegeben hat. Oh Gott. Oh Gott. Mir wird schlecht."

Kira beugte sich über die Bettkante und würgte, obwohl ihr Körper nichts hatte, das er hätte loswerden können. Sie würgte mehrere Male und wischte sich über ihr Gesicht und Mund, während ihr Körper von Schaudern geschüttelt wurde.

Asher sprintete ins Bad, um ein Handtuch zu holen. Als er zurückkam, ließ er Kira noch ein paarmal würgen und zog sie dann sanft zu sich. Sie in seinen Armen wiegend, wischte er über ihr tränennasses Gesicht.

„Schatz, es ist in Ordnung", sagte er, streichelte über ihre Haare und versuchte, sie zu beruhigen.

„Nein! Ich bin ein Monster, Asher. Ein verdammtes Monster. Als ich das tat, als ich sie auferstehen ließ… es fühlte sich so gut an. Eine berauschende Macht, Gott…"

„Schhh, wir müssen jetzt nicht darüber reden", beschwichtigte Asher sie, dessen Gedanken wild durcheinander wirbelten.

„Ich wusste, dass es falsch war, ein bisschen. Ich wusste es", keuchte Kira und vergrub ihr Gesicht an seiner Brust. „Bitte hass mich nicht, bitte."

„Niemals", schwor Asher. „Ich könnte dich niemals hassen."

Asher wiegte sie in seinen Armen und redete auf sie ein, bis sie wieder ruhiger wurde und in einen leichten Schlummer versank. Er legte sie erneut auf das Bett, erhob sich anschließend und tigerte durch den Raum. Mit den Nägeln über seinen Schädel fahrend, versuchte er zu verstehen, was gerade passierte.

Reviver. Der Name, den Mere Marie Kira gegeben hatte, kam ihm in den Sinn und Asher holte tief Luft. Seine Gedanken zogen mehrere chaotische Schlüsse, jeder wie ein Schlag in die Magengrube.

Kira war hier aus einem Grund abgesetzt worden.

Die Kräfte von Revivern mussten irgendwie… erweckt werden.

Er und Kira hatten endlich zum ersten Mal ihre Beziehung vollzogen.

Asher hatte etwas in ihr ausgelöst, irgendwie. Was hatte sie nochmal gesagt? *Sie wollten dir wehtun.*

Die Szene auf dem Friedhof war das erste Anzeichen ihrer wahren Kräfte gewesen, was wahrscheinlich der Grund dafür war, dass sie im Vorgarten des Herrenhauses abgesetzt worden war. Sie war hier, weil jemand wusste, dass Asher ihre Fähigkeiten erwecken würde.

Da der Abzug betätigt worden war, war die Kugel jetzt in Bewegung. Was ihn wieder zu dem Punkt führte, dass es einen Grund dafür gab, dass sie hierher gebracht worden war.

Jemand würde sie holen kommen. Das Superhirn hinter diesem Plan vielleicht oder das erste mächtige Wesen, das Kiras wahres Potenzial spürte.

Sie würden sie holen, außer Asher handelte schnell.

Mit zitternden Händen nahm Asher sein Handy.

„Ich brauche alle, jetzt."

Er beendete den Anruf und senkte das Handy. Er drehte sich zu Kira, verschränkte die Arme und beobachtete sie aus einer Entfernung von mehreren Schritten. Da er nicht in der Lage war, zu ihr zu gehen, nicht stabil genug war, um sie weiterhin zu trösten, wandte sich Asher ab und verließ seine Gemächer.

Er brauchte Antworten. Er brauchte Waffen, jede Menge Waffen.

Es würde einen Krieg geben.

„Kira, du hast nichts Falsches gemacht." Mere Marie verschränkte ihre Arme und starrte Kira am nächsten Morgen über den Konferenztisch hinweg nieder.

Ashers Laune hob sich bei den Worten der Hexe sofort. Auch wenn er sich nicht dazu überwinden konnte, zu glauben, dass Kira etwas Böses tun würde, erschütterte ihn die nackte Angst in Kiras Augen. Er sah auf sie hinab, verflocht ihre Finger unter dem Tisch miteinander und drückte ihre Hand.

Sie warf ihm einen unsicheren Blick zu und wandte sich dann wieder Mere Marie zu.

„Du warst nicht dabei. Du hast nicht…", begann Kira, sog scharf Luft ein und sah sich am Tisch um, an dem die anderen Wächter und ihre Gefährtinnen saßen. „Es war dunkel. Ich spürte es. Ich wusste, dass es falsch war."

Mere Marie ließ ein Stöhnen vernehmen und schüttelte den Kopf.

„Ich habe es dir schon mal erklärt. Du hast deine Magie noch nie benutzt, weshalb sie so weiß wie frischgefallener Schnee ist. Fast alles wird sich für dich dunkel anfühlen. Die Magie, die du benutzt hast, war allenfalls grau."

„Ich habe meine Kräfte genutzt, um zu töten", widersprach Kira, deren Stimme zu einem Flüstern sank.

„Du hast Dämonen getötet, die dich angegriffen haben", mischte sich Rhys mit finsterer Miene ein. „Wenn das dunkle Magie ist, dann sind die Wächter so schwarz wie die Nacht."

Kira biss auf ihre Lippe und sah zu Asher hoch. Bat um seine Meinung.

„Du bist eine weiße Hexe", erzählte Asher ihr, wobei er ihr direkt in die Augen blickte. „Du weißt das genauso gut wie ich. Du hast einfach ein paar… zusätzliche Fähigkeiten. Nur weil du sie hast, heißt das nicht, dass du sie benutzen musst."

Kira kräuselte die Nase und nickte Asher anschließend langsam zu. Ein angespannter Knoten lockerte sich in seiner Brust und er wollte nichts lieber tun, als sie in seinen Armen zu halten.

„Sind wir hier fertig?" Die Worte hatten seinen Mund verlassen, ehe er sich stoppen konnte. Er blickte auf und sah, dass ihm der ganze Tisch wissende Blicke zuwarf, woraufhin sich Ashers Augen zu Schlitzen verengten. „Gibt es ein Problem?"

„Wir haben den anderen Teil noch nicht geklärt", sagte Gabriel entschuldigend. „Die ganze, warum wurde sie hier abgesetzt, wer will sie holen, Geschichte. Du weißt schon, das ganze Zeug, wegen dem du gestern ausgerastet bist."

„Ich würde es nicht ausrasten nennen", wand Asher ein. „Du wirst es wissen, wenn ich ausraste, glaub mir."

Gabriel zog eine Braue hoch, aber widersprach nicht.

„Es ist Pere Mal", sagte Mere Marie, die ihren Mund zusammenpresste. „Der ganze Plan stinkt förmlich nach ihm. Entführung, Dämonen in Roben, Manipulation der Wächter zu seinen Zwecken…"

Sie wedelte mit einer Hand.

„Ich habe gestern Nacht einige Spione auf den Graumarkt geschickt, im Kith-District nach Gerüchten suchen lassen. Sie haben alle das Gleiche berichtet, dass Pere Mal dahintersteckt", erzählte Echo.

„Ich nehme mal an, dass du keine Prophezeiungen für uns hast, Cassie?", erkundigte sich Mere Marie.

Cassie warf allen einen betrübten Blick zu.

„Nichts. Das Baby hat sie irgendwie… unterbrochen", erklärte sie mit einem Kopfschütteln.

„Was will er?", wunderte sich Kira laut.

„Deinen Vater, schätze ich mal", antwortete Gabriel. Alle Augen richteten sich auf ihn und er zuckte mit den Achseln. „Ich habe einige Nachforschungen über Kira angestellt, okay? Es gibt nicht viele weibliche Reviver in diesem Alter, also war es nicht gerade schwer, ihre Familie ausfindig zu machen."

„Aber was würde Pere Mal von Rezeal wollen? Ein Todesengel könnte Pere Mal wie einen Käfer zerquetschen, wenn er es wagt… ich weiß nicht, ihn heraufzubeschwören."

„Einen Handel", sagte Asher, der die Puzzlestücke zusammensetzte. „Kira im Austausch für einen Gefallen. Und da Pere Mal von seinen Vorfahren besessen ist und davon, Macht von der anderen Seite des Schleiers zu erhalten, könnte Rezeal ein gutes Hilfsmittel für ihn abgeben."

„Töricht, aber clever", meinte Mere Marie und spreizte ihre Hände auf dem Tisch. „Ich denke, du hast es genau richtig erfasst, Asher."

„Also was machen wir jetzt?", wollte Kira wissen und drückte Ashers Hand. „Wie halten wir ihn auf?"

Alle am Tisch verstummten einen langen Moment.

„Ich denke, wir behalten dich eine Weile hier, bis wir das herausgefunden haben. Wie lautet ein nettes Wort für Hausarrest?", erkundigte sich Rhys.

„Wie unverschämt!", beschwerte sich Echo und gab ihrem Gefährten einen leichten Klaps auf den Arm. „Kira, so schlimm ist es nicht. Wir waren alle schon das ein oder andere Mal im Herrenhaus eingesperrt."

„Und haben gesehen, was passiert, wenn man sich trotzdem rausschleicht", fügte Rhys hinzu und bedachte Echo mit einem strengen Blick.

„Ja. Mach das nicht", seufzte Echo und verdrehte die Augen. „Das endet in der Regel nicht gut."

„Pere Mal jagt mich. Rezeal jagt mich. Sie werden nicht stoppen, bis sie irgendjemanden finden, der weiß, wo ich bin", sagte Kira, deren Stimme kalt wurde. „Sie werden wegen mir einen von euch verletzen. Wenn ich mich weiterhin verstecke, wird es meine Schuld sein."

Als sie vom Tisch aufschaute, sah Asher frische Tränen in ihren Augen schimmern. Sein Herzschlag setzte bei der Überzeugung in ihrem Gesicht aus. Etwas in seinem Magen verknotete sich, ein ausgeprägter Anflug von Angst machte sich breit. Was hatte diese Miene zu bedeuten?

„Wir beschützen, wer zu uns gehört", beruhigte Mere Marie sie und sah Kira von oben herab an. „Du bist darin eingeschlossen. Also komm nicht auf dumme Gedanken. Wir werden das klären."

Kira strich sich mit den Fingern durch die Haare und sah frustriert aus.

„Es gibt noch eine Sache", sagte Mere Marie. Sie zog

ein großes Stück hauchdünne schwarze Seide hervor und schob es über den Tisch zu Kira. „Erkennst du das?"

Kira streckte ihre Hand aus und zuckte dann zurück. Als sie den Stoff berührte, bewegte er sich von allein, zog sich zusammen und faltete sich zu einem Kreis, ehe er eine Art einzelnen offenen Beutel formte.

Kira zögerte und sah zu den Wächtern hoch.

„Meine Oma hat mir das gegeben", erklärte sie.

„Oma Louise?", fragte Asher mit gerunzelter Stirn.

„Sie hat es mir durch diese Art... Vorhang gereicht", sagte Kira.

„Deine Großmutter hat dir diesen Beutel durch den Schleier gegeben?", fragte Mere Marie, die überrascht wirkte. „Und ich dachte, sie wäre eine Kräuterhexe. Es bedarf erstaunlicher Kräfte, um Objekte zwischen dem Reich der Menschen und dem der Geister auszutauschen."

„Ich glaube... ich glaube, sie war wie ich. Ein Reviver, meine ich", erwiderte Kira.

„Nun, lass uns nicht warten", forderte Mere Marie sie auf und nickte zu dem Beutel. „Zeig uns, was sie dir gegeben hat."

Einen stärkenden Atem holend, steckte Kira ihre Hand in den Beutel. Zu Ashers Schock verschwand Kiras gesamter Arm darin, obwohl sich der dünne Seidenbeutel nicht bewegte.

„Es ist wie ein Schlupfwinkel!", stellte Kira fest, deren Brauen in die Höhe schossen.

Mit einem angestrengten Grunzen zog Kira ihren Arm wieder aus dem Beutel und ein glänzendes, knapp ein Meter langes Schwert hervor. Die Klinge und das Heft waren ohne ein einziges Zeichen, glänzten heller als Metall das tun sollte, und blendeten fast so sehr, dass man sie nicht ansehen konnte.

„Um Himmels willen, steck das zurück in den Beutel!",

kreischte Mere Marie, beugte sich über den Tisch und drückte Kiras Hand nach unten. „Steck es zurück!"

Kira schob das Schwert zurück in den Beutel und sah verblüfft aus. Mere Marie presste ihre Hände an die Brust und Asher hätte schwören können, dass die Voodookönigin tatsächlich leicht schwitzte.

„Was stimmt nicht?", fragte Kira.

„Wie um alles in der Welt hat deine Großmutter das…" Mere Marie rieb sich mit dem Handrücken über die Stirn und sah aus, als würde sie gleich in Ohnmacht fallen. „Zieh nie, nie wieder diese Klinge, Kira."

„Ich werde sie gleich wieder ziehen, wenn du mir nicht verrätst, was das ist", drohte Kira, über deren Gesicht Verärgerung huschte.

„Ich glaube es ist ein Voleur de Lumière", antwortete ihr Gabriel, dessen Augen sich mit einer Art unheilvollem Interesse verdunkelt hatten. „Ich habe nur über sie gelesen. Der Name bedeutet 'Lichtdieb'. Es verleiht dem Träger die komplette Kontrolle über die Seele jeden Wesens, das das Schwert durchbohrt. Sogar über das bloße Leben und den Tod hinaus. Der Träger kann das Opfer zu einem Leben nach dem Tod seiner Wahl verdammen. Himmel, Hölle, irgendwo anders…"

Gabriel erschauderte. Kira schien zu verblüfft, um zu antworten.

„Ich denke, es wäre das Beste, wenn du mir das zur sicheren Aufbewahrung überlässt", sagte Mere Marie und erhob sich mit einem herrischen Kopfschütteln. „Es ist zu gefährlich."

„Auf keinen Fall", widersprach Asher und stand ebenfalls auf, um sich vor Mere Marie aufzubauen. „Es gehört Kira. Nur Kira. Niemand sonst wird es anfassen, nicht einmal ich."

Mere Marie schnaubte und wirkte beleidigt, aber wagte es nicht, gegen Ashers schnell anschwellenden Zorn zu protestieren. Kira schenkte Mere Marie ein schwaches Lächeln und bald darauf war das Meeting zu Ende. Kira faltete das Seidenstück und stopfte es einfach in ihre Tasche, was Asher zum Lächeln brachte.

Während sie zurück zu dem Raum liefen, den er jetzt als ihr Schlafzimmer betrachtete, wurde Asher das Herz schwer.

„Kira", sagte er und zog an ihrem Arm, damit sie stoppte. „Versprich mir, dass du es den Wächtern überlässt, sich um diese Sache mit Pere Mal zu kümmern."

Sie blickte zu ihm hoch und ihre Lippen hoben sich.

„Okay", stimmte sie achselzuckend zu.

Unzufrieden ließ Asher sie los und folgte ihr. Sie ging direkt zum Schlafzimmer, zog im Gehen ihre Kleider aus und legte sich auf sein Bett. Winkte ihn zu sich.

„Du bist in einer eigenartigen Stimmung", stellte er fest, streifte sein Shirt über den Kopf und warf es beiseite.

„Mir ist nur bewusst geworden, dass ich keine Zeit mehr verschwenden möchte", erklärte Kira und schenkte ihm ein sanftes Lächeln. „Diese Sache mit meinem Vater, der uns sucht, der Pere Mal Mist… es interessiert mich nicht. Ich brauche dich, du brauchst mich. Wir sind zusammen."

„Kira…" Asher blickte sie stirnrunzelnd an.

„Hör einfach zu", sagte sie, packte seine Hand und zerrte ihn auf das Bett. „Gefährten sind für die Ewigkeit, stimmt's?"

Nach einem Moment nickte Asher.

„Nun, das bedeutet etwas. Es bedeutet, dass, ganz egal, was passiert, ganz egal, was uns verfolgt, wir miteinander verbunden sind. Für immer", erklärte sie, ein merkwürdiges Funkeln in den Augen. „Ich will dich, Ash. Ich will dich, jetzt. Mir ist egal, was passiert."

„Kira, du weißt, dass ich keinen Anspruch auf dich erheben kann."

„Nicht kannst oder nicht wirst?", fragte sie, legte den

Kopf schief und streichelte mit einer Hand über seine Brust.

„Beides", antwortete Asher, in dessen Brust sich ein Knurren formte. Sie benahm sich so verdammt merkwürdig und er konnte sich einfach nicht erklären, was das zu bedeuten hatte. „Ich beschütze dich."

„Weil du mich liebst", sagte sie mit zuckenden Lippen.

Asher schluckte, verunsichert von den Worten. Ihr Tonfall war ganz falsch.

„Ja, Kira. Ich liebe dich, gottverdammt. Und du machst mir gerade Angst", setzte er hinzu und umfasste ihr Kinn.

Sie sah zu ihm hoch, wobei ihre Augen verrieten, wie verletzlich sie in diesem Moment war.

„Erhebe Anspruch auf mich, Asher. Gib mir alles, all die Dinge, die ich schon seit Union City haben sollte."

Asher starrte sie an, paralysiert.

„Kira…"

„Bitte, Ash. Sag wenigstens, dass du darüber nachdenken wirst."

Wie konnte er ihr etwas abschlagen, selbst wenn es zu ihrem eigenen Wohl war?

Asher nickte bloß. Kiras Lippen fanden seine, ihre Hände zerrten an seiner Jeans.

„Nicht heute Nacht", keuchte er. „Ich werde dich nicht heute Nacht markieren."

„Okay", sagte Kira, deren Lippen über seinen Hals strichen.

Sie entkleidete ihn und setzte sich rittlings auf ihn, küsste ihn leidenschaftlich, während sie seine Härte tief in ihrem Körper aufnahm. Kira fixierte Asher im Bett, die Hände auf seiner Brust, und ritt ihn mit völliger Hingabe. Es war eine Folter, wie sie ihm mit ihrem Körper Lust verschaffte, wie sie ihren Kopf nach hinten warf. Wie sie ihn vollständig aufnahm, jedes Stück von ihm. Es zerstörte ihn, sogar als sie seine Seele befreite.

Sie kamen gemeinsam, plötzlich und heftig. Erschöpft presste Asher Kira an seine Brust, während sein Herz mit tausenden widerstreitenden Gefühlen überfloss. Sie schlief in seinen Armen ein, ihr Atem strich warm über seine nackte Haut, während sie es Asher überließ, ihre Forderung zu überdenken.

Wie konnte er ihr geben, was sie wollte, obwohl er wusste, wohin das führen könnte?

Schlimmer, wie konnte er es ihr verweigern?

12

Asher hielt von dem Moment ihrer Forderung exakt fünf Tage, achtzehn Stunden und sechsundzwanzig Minuten durch, bis er Kira vollständig und unwiderruflich zu seiner Gefährtin machte. Er hatte sich mit Kira im Herrenhaus verschanzt, sie in sein Zimmer geholt und viel wichtiger in sein Bett. Sie hatten es nur zum Essen und eine gelegentliche Dusche oder einige Stunden Patrouillendienst verlassen.

Am zweiten Tag wusste Asher, dass er in Schwierigkeiten steckte. Mit Kira zusammen zu sein, war einfach zu gut und er war süchtig nach ihrer Anwesenheit, dem Klang ihres Lachens.

Am vierten Tag versuchte er, mit ihr darüber zu reden, was vor sich ging. Nicht, um sie zu verschrecken, oder ihr zu erklären, dass er sämtliche Selbstbeherrschung verloren hatte und eventuell seinen Schwur vergessen und ihr beider Todesurteil unterzeichnen würde. Eher zu dem Zweck eines informativen Gesprächs.

„Hey, ich werde dir jetzt jeden Moment den Paarungsbiss verpassen. Ich weiß nicht, wie ich es geschafft habe, mich die letzten fünf Minuten zurückzuhalten. Dir ist schon klar, dass uns das beide töten wird, oder?" Diese Art von Gespräch.

Leider hatte sie seinen Versuch mit diesen vollen, rosa Lippen zum Verstummen gebracht und seine Worte hatten ihn verlassen, waren in Vergessenheit geraten.

Früh am fünften Tag hatte er in einem fiesen, beinahe nicht gewinnbaren Kampf mit sechs Aszgraethe Dämonen gesteckt. Er hatte sich dabei ertappt, dass er sich auf den grausamen, blutigen Tod freute, der ihm bevorstand. Kira würde natürlich um ihn trauern, aber sie wäre in Sicherheit.

Gabriel und Rhys hatten sich jedoch gerade noch rechtzeitig in den Kampf eingemischt und Asher war tatsächlich verärgert darüber gewesen.

Jetzt, fünf Tage, achtzehn Stunden und achtundzwanzig Minuten nachdem Kira ihn angefleht hatte, sie zu markieren, stand Asher beinahe neben sich vor emotionaler Schwermut und zugleich reiner, absoluter körperlicher Befriedigung. Kira war in seine Arme gekuschelt und verschlief die Nachwirkungen ihres überwältigenden, Paarungsbiss-gebenden, Todesurteil-unterzeichnenden Sex.

Asher strich mit einer Fingerspitze über die nackte Haut ihres Halses, direkt oberhalb des hellrosa Mals, das Kira für immer als die Seine auszeichnete. Obwohl eine unendlich tiefe Quelle des Zorns und der Selbstvorwürfe irgendwo tief in ihm sprudelte, konnte er sich merkwürdigerweise einfach nicht dazu bringen, sich aufzuregen. Nicht, während seine Gefährtin in seinen Armen lag. Nicht, während alles im Herrenhaus so ruhig und sicher, so behaglich war.

Die Ruhe vor dem Sturm, wie man so schön sagte.

Ashers Egoismus hatte heute wahrhaft epische Ausmaße erreicht. Jahre, in denen er sich seine Gefährtin verwehrt hatte, hatten sich angehäuft und die Belohnung war einfach zu süß gewesen, um ihr zu widerstehen. Genau genommen hatte ein Gespräch den Wendepunkt gebracht.

„Wir könnten neu anfangen", erzählte Kira ihm, während sie mit ihrer Fingerspitze ein Muster auf seiner nackten Brust zeichnete. „Irgendwo so weit weg, dass uns niemand finden könnte."

„Ja?", fragte Asher, um sie bei Laune zu halten.

„Ja. Einen Schlupfwinkel. Wir erschaffen uns den perfekten Ort. Wir gehen rein… und wir kommen nie wieder raus. Ganz einfach."

„Und wie sieht dieser perfekte Ort aus?"

„Irgendwo am Meer, aber mit Jahreszeiten. Ich mag es wie jeder andere auch, einen Herbst und Frühling zu haben", erklärte Kira.

„Ich denke, du hast etwas bei diesem schlauen Plan vergessen. Oder besser gesagt jemanden."

„Wen?"

„Mere Marie. Sich vor deinem Vater zu verstecken, ist eine Sache. Er ist nur ein furchterregender Todesengel. Mere Marie andererseits…", sagte Asher. Er foppte sie… aber nur zum Teil. Er hatte Mere Marie sein Wort gegeben und er konnte nicht gehen, bis die Schuld beglichen war.

Kira grunzte missbilligend und schüttelte den Kopf. Aber ihre Lösung lag nicht außerhalb ihrer Möglichkeiten und die Idee schlug Wurzeln in Ashers Kopf und ging einfach nicht mehr. Oder vielleicht gab sie ihm auch nur einen Grund zu hoffen, was genauso gut war, wie Asher und Kira am Strick aufzuhängen, bis sie tot waren.

Wie sich herausstellte, sollte Hoffnung Ashers Achilles Ferse werden. Sie lullte ihn ein, machte ihn töricht.

Asher schloss seine Augen und erlaubte sich, abzudriften. Als er sie einige Minuten später öffnete, strömte Sonnenlicht in sein Schlafzimmer. Er setzte sich auf, weil ihm bewusst wurde, dass einige Minuten in Wahrheit einige Stunden gewesen waren. Er registrierte auch, dass Kira fort und ihre Seite des Bettes eiskalt war.

„Du bist besser im Gemeinschaftsraum und spielst mit diesem verdammten Kater Backgammon", sagte Asher laut.

Dort war sie nicht.

Sie war auch an keinem anderen Ort im Herrenhaus und Asher suchte überall. Er hatte sogar Gabriel und Cassie bei, wie es aussah, ziemlich spektakulärem und gymnastischem Schwangerschaftssex gestört, nicht dass das Asher interessierte.

Letzten Endes standen alle im Wohnzimmer und versuchten, herauszufinden, wo zum Henker Kira möglicherweise sein könnte.

„Könnte Pere Mal wieder Zugriff auf das Haus gehabt und sie entführt haben?", fragte Cassie und riss die Augen auf. „Er hat das auch bei mir gemacht, wisst ihr."

„Das ist zu bezweifeln." Cairn, Mere Maries kleiner

haariger Vertrauter, sprang auf den Konferenztisch und wandte sich an Asher.

„Während du den ganzen Tag verschlafen hast, hat deine Gefährtin eine Menge Fragen gestellt und ihre Nase in eine Menge Dinge gesteckt", verkündete der Kater.

„Wie beispielsweise was?", fragte Rhys und funkelte den Kater streng an. „Spuck's aus."

„Sie wollte wissen, wo sich Pere Mal verstecken könnte. Sie schien zu denken, dass er wissen könnte, wie man Rezeal heraufbeschwört. Sie hat mich auch nach einigen besonders fiesen Angriffszaubern gefragt. Ich habe ihr gesagt, dass es eine schlechte Idee sei", erklärte Cairn mit einem herzhaften Seufzen. „Aber sie wollte einfach nicht hören."

„Und du hast es nicht für nötig gehalten, das jemandem zu erzählen?", brüllte Asher, in dem sein Bär erwachte.

„Weißt du… das habe ich nicht", entgegnete Cairn, drehte sich um und hüpfte mit einem großen Satz vom Tisch, als Asher mit einem bedrohlichen Knurren nach vorne sprang.

„Dieser verdammte Kater…", zischte Asher.

„Hat Kira in den letzten Tagen irgendetwas Merkwürdiges gesagt oder getan?", unterbrach Gabriel ihn.

„Nein. Sie…" Asher hielt inne. „Scheiße."

Ihr Beharren darauf, markiert zu werden, obwohl sie wusste, dass es gefährlich war… Die Art und Weise, in der sie davon gesprochen hatte…

Ganz egal, was passiert, hatte sie gesagt. *Jetzt, während wir zusammen sind.*

„Fuck. Fuck!", fluchte Asher und schüttelte den Kopf. „Ich hätte es wissen sollen. Ich dachte nur, sie wäre endlich glücklich."

„Mach dir keine Vorwürfe", sagte Echo seufzend. „Keiner von euch Wächtern ist gut darin, zu erraten, was Frauen denken."

Gabriel schnaubte einen Laut der Zustimmung. Rhys starrte seine Gefährtin finster an.

Asher war sich des Austauschs kaum bewusst, da seine Gedanken rasten.

„Was sollen wir nur tun? Wo zur Hölle finden wir sie?", fragte er, während er sich den Kopf zerbrach.

„Sie ist das mächtigste Wesen in der Stadt und weiß kaum, wie sie sich abschirmen muss. Ich denke, wir werden sie recht schnell finden", sagte Mere Marie. „Die Frage, was wir tun sollen, wenn wir dorthin gelangen, macht mir viel größere Sorgen. Macht euch bereit und dann lasst sie uns holen."

Wie sich herausstellte, hatte Mere Marie damit recht, dass sie Kira leicht finden würden. Es wäre so gut wie unmöglich gewesen, sie nicht zu finden, da sie und Pere Mal miteinander kämpften und Subtilität nie ein Teil der Rechnung war.

Kira und Pere Mal standen sich an gegensätzlichen Enden des French Market gegenüber, einer riesigen Freiluftkonstruktion, die nur von einem grünen Zinndach bedeckt wurde. Der French Market war eine halbe Meile breiter Zementböden, auf denen sich Verkäufer drängten, die jeden vorstellbaren Touristenkram oder Schmuck auf dem Planeten verkauften, ein lärmender und lebhafter Treffpunkt.

Im Moment war er schaurig leer, nur einige Nachzügler rannten vom Markt weg, als stünde ihr Haar in Flammen. Aus dem Augenwinkel sah Asher den leuchtend blauen Blitz eines Zaubers und ein T-Shirt-Stand ging in Feuer und Rauch auf. Kein Wunder, dass sich alle aus dem Staub gemacht hatten. Weder Kira noch Pere Mal hatten sich die Mühe gemacht, ihre Magie zu verhüllen, und sie schleuderten einige sehr gefährliche Zauber hin und her. Zudem machten sie eine Menge Lärm und richteten ein großes Chaos an.

„Ich denke, wir haben sie gefunden", brummte Gabriel.

„Kira!", schrie Asher in dem Versuch, ihren Standort zu finden. Er zuckte zusammen, als sie hinter einem Tisch mit Makrameeschmuck hochschoss, ihn anstarrte und sich dann aus dem Weg eines böse aussehenden Feuerzaubers werfen musste.

Asher machte Anstalten, nach vorne zu laufen, doch Mere Marie überraschte ihn, indem sie ihn mit ihrer Hand stoppte.

„Lass mich", bat sie und stolzierte direkt in die Mitte des Kampfes.

Pere Mal und Mere Marie gingen sogleich aufeinander los und schon bald flogen blitzende Zauber in alle Richtungen, wirbelten haufenweise dekorative Mardi Gras Masken und Lederflipflops auf. Asher schob sich langsam vorwärts, bis er näher bei Kira und nur noch wenige Klapptische, auf denen sich Schmuck und T-Shirts türmten, entfernt war.

Kira warf Asher einen fragenden Blick zu und er starrte sie wütend an.

„Dachtest du ernsthaft, ich würde dir nicht hinterherkommen?", rief er und duckte sich, um einem Zauber auszuweichen, der einige Schritte zu seiner Rechten einschlug.

„Ich muss das hier klären", sagte Kira, zuckte zusammen und ging in die Hocke, um unter einem Tisch in Deckung zu gehen. „Ich möchte, dass wir zusammen sein können, aber ich kann mich nicht für immer verstecken und hoffen, dass mein Vater dich nicht umbringt."

Asher ließ sich auf den Boden fallen und robbte auf seinem Bauch zu ihr, um sich unter den gleichen Tisch zu legen.

„Du hättest das mit mir besprechen sollen", sagte er und packte ihr Handgelenk, um ihre ganze Aufmerksamkeit zu erhalten.

„Du hättest mich nicht herkommen lassen", erwiderte Kira schnaubend.

„Verdammt richtig."

„Asher…", seufzte Kira und schüttelte den Kopf.

„Wir sind Gefährten, Kira. Das bedeutet mir etwas. Sogar sehr viel. Wenn du es mit Pere Mal aufnehmen wolltest, hätten wir einen Weg gefunden, zusammen."

„Ash, ich nehme es nicht mit Pere Mal auf", erklärte Kira und verzog verzweifelt das Gesicht. „Pere Mal ist nur eine Schachfigur in diesem Spiel. Ich benutze ihn, um meinen Vater zu beschwören."

„Den Teufel wirst du tun", knurrte Asher.

„Du kannst ihn nicht aufhalten", sagte Kira, die ein wenig traurig aussah. „Rezeal wird mich irgendwann holen kommen und ich will verdammt sein, wenn ich zulasse, dass er dabei jemandem schadet, der mir wichtig ist. Ich fliehe nicht mehr und verstecke mich nicht länger. Ich mach das jetzt, zu meinen Bedingungen."

Bevor Asher noch etwas sagen konnte, traf ein Zauber die Tischplatte, wodurch Kira und Asher in entgegengesetzte Richtung geschleudert wurden. Asher landete hart auf dem Beton, dankbar für den immer noch schwelenden Haufen Baumwollkleider, die seinen Sturz abfederten. Als er wieder auf seine Füße kam, rannte Kira in rasender Geschwindigkeit auf Pere Mal zu, einen lodernden, goldenen Lichtball in den Händen.

Sie schmetterte den Zauber Pere Mal entgegen, der ihn stattdessen zu Mere Marie ablenkte. Mere Marie schrie auf und tauchte unter einen Tisch, wodurch sich Pere Mal umdrehen und auf Kira stürzen konnte.

Ein gutturales Brüllen entriss sich Ashers Kehle, als Pere Mal einen gigantischen Ball knisternder schwarzer Energie formte und auf Kira warf. Er erwischte Kira aus einer Entfernung von ungefähr ein Dutzend Schritten und brei-

tete sich blitzschnell aus, um ihren ganzen Körper festzu-
halten und sie an Ort und Stelle zu fixieren.

„Revelos!", schrie Pere Mal und schleuderte Kira einen
weiteren Zauber entgegen.

Asher spürte die zischende Energiewelle und hörte ein
deutlich vernehmbares *Plopp*, als Mere Maries Schutzzauber
zerstört wurde. Kiras Macht war augenblicklich greifbar,
deren Stärke und Klarheit verliehen ihm Gänsehaut. Sie
war ein Leuchtfeuer, sandte ihre Anwesenheit in den
Himmel. Lockte.

Asher wusste nur allzu gut, was in Reaktion auf ihren
Ruf kommen würde. Er öffnete den Mund, um Mere Marie
zu rufen, aber hielt dann abrupt inne.

Weiße Blitze erhellten seine Adern, während Macht
durch seinen Körper strömte. Auf einmal füllten hundert
verschiedene Wesen den Raum in ihm, quetschten sich zu
seinem Bären in seinen Körper. Sein Handel mit Mere Marie
verlosch und seine Gestaltwandlerfähigkeiten kehrten zurück.

Die Empfindung überwältigte ihn und zwang ihn in die
Knie. Er umklammerte seinen Kopf in dem Versuch, das
Chaos zu beruhigen, aber man kann nichts zum
Verstummen bringen, das aus einem selbst kommt. Ein
Schrei durchbrach die plötzlich reglose Luft des French
Market, als Asher darum kämpfte, die tobende, schäumende
Welle in seinem Inneren zu bändigen und seine menschliche
Gestalt zu bewahren. Er kannte seine anderen Gestalten
kaum noch und sie zu kontrollieren wäre ein Ding der
Unmöglichkeit, wenn er ihnen freien Lauf ließe.

Außerhalb des Markts brach die Dunkelheit herein. Die
Sonne schien zurückzuweichen, der Himmel verblasste zu
einem unheimlichen Dunkelgrau und Blitze zuckten und
krachten, stießen auf den Boden herab, so nah, dass Asher
die Hitze spüren konnte.

Ein merkwürdiges Summgeräusch setzte ein, zuerst

leise, ehe es sich zu einem Tosen steigerte. Es war Hagel. Eisige felsbrockengroße Hagelkörner fielen zahlreich und schwer aus dem Himmel. Der Wind nahm zu, zerrte und riss an Ashers Kleidern, wirbelte die Trümmer des Marktes herum. Asher stöhnte und taumelte nach vorne, wobei er versuchte, wieder Halt zu finden und die Kreaturen in seinem Inneren zurückzudrängen.

Er musste zu Kira gelangen, sie beschützen…

Mere Marie erschien an Ashers Seite und legte eine Hand auf seine Schulter. Sofort beruhigten sich seine Gedanken und klärten sich und er sah dankbar zu ihr hoch.

„Ich kann sie noch etwas länger ruhigstellen", sagte sie, ihr Gesicht sorgenvoll verzogen. „Ein Beruhigungszauber, mehr nicht. Du wirst sie vielleicht brauchen, denn ich denke – "

Ihre letzten Worte wurden von einem entsetzlichen Kreischen, Metall auf Metall, das unglaublich laut war, verschluckt. Der Wind heulte und wehte Asher fast um. Er schlang einen Arm um Mere Marie, um sie am Boden zu halten, weil er fürchtete, dass ihr geringes Gewicht dem Wind erlauben könnte, sie hinfort zu tragen. Die Welt wurde für eine volle, atemlose Minute ganz und gar schwarz.

Langsam kroch graues Licht zurück in die Welt und mit ihm lag eine neue Energie in der Luft. Macht, dunkel und bösartig. Asher spürte sie auf seiner Haut, dick, schleichend und invasiv.

Ein Blitz schlug ein und offenbarte eine einzelne Gestalt am anderen Ende des Markts, umriss die riesigen, raben-schwarzen Flügel des Mannes.

Rezeal war gekommen.

14

In dem Moment, in dem ihr Vater erschien, fühlte sich Kira, als hätte sie einen körperlichen Schlag erhalten. Sie *spürte* seine Ankunft, obgleich der Himmel so schwarz wie Tinte war. Als sanftes graues Licht zurück in die Welt kroch und Rezeal beleuchtete, sah er zur Hälfte aus wie in ihren Erinnerungen und zur Hälfte wie ein Monster. Er war zu hübsch, zu perfekt, doch die Energie die er ausstrahlte war düster und schwarz.

Rezeal war groß und schlank und hatte eine Mähne glänzend schwarzer Haare, die perfekt zu seinen drei Meter großen Flügeln passten. Sein Gesicht war wie aus feinstem Marmor gemeißelt. Scharfe Wangenknochen, perfekt geschwungene Nase und eisgraue Augen, die von einer alterslosen Intelligenz zeugten. Von Kopf bis Fuß in schwarzes Leder gekleidet sah Rezeal eher wie ein Bösewicht aus *Sons of Anarchy* aus als jemandes Vater.

Als Rezeals Blick auf Kira landete, verknotete sich ihr Magen. Ein Hauch von Interesse erhellte sein Gesicht und dann grinste er doch tatsächlich. Kira dachte, sie würde sich übergeben, aber war unfähig, den Blick abzuwenden. Er war magnetisch, unwiderstehlich. Kira ertappte sich dabei, hart zu schlucken und Mitleid mit ihrer armen Mutter zu haben. Rezeals Aufmerksamkeit, geschweige denn seiner Zuneigung ausgesetzt zu sein... es war undenkbar. Beängstigend.

„Rezeal!", rief Pere Mal und bewegte sich auf den Engel zu.

Rezeal neigte seinen Kopf zur Seite und drehte sich langsam zu dem Voodookönig im dunklen Anzug um. Pere Mal zögerte und schien es sich noch einmal zu überlegen, ob er sich Rezeal wirklich nähern sollte, aber es war zu spät.

Du wagst es, mich heraufzubeschwören?

Die Worte donnerten durch Kiras Kopf, obwohl Rezeal sie nicht laut ausgesprochen hatte. Ihr Vater schien seine Gedanken auf die Anwesenden zu übertragen und zu projizieren. Sie konnte sich nicht bewegen, aber aus ihrem Augenwinkel sah sie, dass sich Mere Marie schaudernd auf die Füße rappelte. Mere Marie und Asher hörten ihn also auch.

„Ich habe dir ein Geschenk mitgebracht", verkündete Pere Mal und räusperte sich. „Ein Handel, wenn man so will."

Er deutete mit einem knochigen Finger direkt auf Kira, was einen feinen Schweißfilm auf ihrer Haut entstehen ließ. Rezeal betrachtete Kira noch einen Moment, wirkte perplex.

Du bietest mir einen Handel für etwas an, das mir bereits gehört?

„Der Spatz in der Hand", sagte Pere Mal und verschränkte die Arme. „Ich habe sie gefangen. Ich habe sie dir offenbart. Ich habe sie in einem Energiefeld platziert – "

Halt den Mund.

Rezeals Blick huschte zu Pere Mal. Pere Mal öffnete den Mund, um zu sprechen, und ein eisiger Luftschwall entwich seinem Mund. Er schwankte, seine Bewegungen verlangsamten sich. Eine dünne, eisige Frostschicht überzog ihn und er verstummte und erstarrte.

Kira wurde plötzlich befreit. Sie stolperte einen Schritt nach vorne und sog tief die Luft ein. Rezeal schlenderte zu ihr. Das Trümmermeer teilte sich vor ihm, während er sich vorwärtsbewegte.

Meredith.

Kira trat einen Schritt zurück, starrte Rezeal an und schüttelte den Kopf. Er hatte den Namen ihrer Mutter ausgesprochen und schien damit Kira gemeint zu haben. Wusste er nicht, wer Kira war?

„Nicht Meredith. Kira", sagte sie, wobei ihre Stimme so sehr zitterte wie ihre Hände.

Meredith. Meine Liebe.

Kiras Mund war so trocken, dass ihre Zunge am Gaumen klebte. Sie blickte hinüber zu Mere Marie, während sie versuchte, es zu verstehen. Mehr als alles andere wollte sie zu Asher rennen, der sich auf der anderen Seite des Markts befand, aber sie wollte Rezeals Aufmerksamkeit nicht auf ihren Gefährten lenken.

„Kira", brachte sie erneut hervor, dieses Mal etwas kräftiger. „Deine Tochter."

Tochter? Rezeal wurde langsamer, als würde er diese Information verarbeiten. Er schüttelte den Kopf. *Du kannst mich nicht täuschen, Meredith. Du gehörst mir.*

„Rezeal, nein. Meredith... Meredith ist *gestorben*", erzählte Kira ihm. „Erinnerst du dich?"

Rezeal ließ ein bellendes Lachen ertönen und war jetzt nur noch wenige Meter von ihr entfernt.

Nein. Das würde ich nicht zulassen. Meredith, du gehörst mir. Komm jetzt mit mir. Verlass diese... Kreaturen. Rezeals Blick glitt über Mere Marie und Pere Mal, während sich ein höhnisches Grinsen auf seinen Lippen formte. *Sie sind nichts, Meredith. Ich werde dich nach Hause bringen.*

„Nach Union City?", fragte Kira verwirrt.

Den Reichen der Unterwelt, Meredith. Ich habe dir versprochen, dass ich dich dorthin bringen würde. Luzifer wird uns lobpreisen, uns wie die Götter behandeln, die wir sind. Rezeal machte eine Pause und ein Anflug ehrlicher Trauer huschte über sein Gesicht. *Ich habe so lange auf dich gewartet, Meredith.*

Luzifer? Kira fühlte eine Träne über ihre Wange rinnen. Rezeal würde sie in die Hölle bringen? Während sie zitternd Luft holte, wurde Kira bewusst, dass sie ihn näher zu sich locken musste, damit ihr Plan aufgehen konnte.

„Komm zu mir", sagte Kira, wobei sie sich bemühte mit ruhiger Stimme zu sprechen. „Umarme mich, Rezeal. Zeig mir, wie sehr du mich vermisst hast."

Rezeals Gesicht wurde von ehrlicher Freude erhellt und er eilte auf Kira zu. Bevor Rezeal nah genug an sie herankommen konnte, schubste Asher Kira zur Seite und machte sich selbst zu einem verlockenden Ziel für den Zorn des Engels.

„Kira, geh zurück", fauchte Asher.

Asher schob sie einen Schritt nach hinten und schirmte sie mit seinem Körper ab. Seine Haltung war angriffslustig, herausfordernd. Sie konnte die Wut und Gewalt spüren, die Asher in Wellen aussandte, während er sich darauf vorbereitete, sie mit seinem Leben zu verteidigen.

Du schon wieder. Rezeals Gesicht wurde ernst, während er über Ashers Anwesenheit nachsann. *Du musst wissen, dass dich Meredith nicht will, Gestaltwandler. Du bist nichts im Vergleich zu mir.*

„Sie ist nicht deine verdammte Gefährtin, Rezeal. Das ist deine Tochter", sagte Asher.

Lügen. Alle Gestaltwandler lügen. Du am allermeisten. Ich bin deiner Worte überdrüssig.

Asher schob Kira noch einen Schritt nach hinten und stürzte sich nach vorne. Sein Körper zuckte, als er seine menschliche Gestalt ablegte. Zu Kiras Überraschung sprang ein prächtiger goldener Löwe nach vorne an Stelle eines

Bären. Der Löwe war viel größer als jeder Löwe, den Kira jemals gesehen hatte. Seine Schulterhöhe lag mindestens bei einem Meter fünfzig und er hatte eine flammendorangene Mähne und lodernde dunkle Augen.

Asher gelang es, Rezeal zu überrumpeln, wodurch er den Engel ein Dutzend Schritte nach hinten warf. Ashers Zähne schnappten nach Rezeals Hüfte und verpassten sie ganz knapp, aber das schien dennoch zu nah für Rezeals Geschmack zu sein. Das Gesicht des Todesengels verzog sich vor Wut und er fletschte sogar seine Zähne vor Asher, wodurch er unmenschlicher denn je aussah.

Rezeal hob eine Hand und Asher in die Luft, wo er ihn festhielt. Der Löwe krümmte sich und kämpfte gegen Rezeals Kräfte an. Schon bald erkannte Kira, dass Rezeal Asher erwürgte, ihm langsam, aber stetig die Sauerstoffzufuhr abschnitt. Ihr Mund öffnete sich und ein Schrei ergoss sich aus ihrer Kehle ohne ihre Zustimmung oder Wissen.

„STOPP!", schrie sie. „Lass ihn los! Das hier ist eine Sache zwischen dir und mir, Rezeal!"

Rezeal ließ Asher nicht fallen, aber richtete seinen Blick auf Kira.

Du wirst mit mir kommen, Meredith?

„Ich werde dich für immer verlassen, wenn du Asher Schaden zufügst", versprach Kira. Angst und Verzweiflung machten sie mutig. „Lass ihn gehen und wir reden."

Rezeals Lippen zuckten belustigt.

Versprich es mir zuerst, Meredith. Sag mir, dass du freiwillig mitkommen wirst oder ich werde den Gestaltwandler töten, während du zusiehst.

Rezeal hob seine Hand abermals und donnerte den Löwen gegen das Zinndach des Markts, so hart, dass beim Aufprall das Metall verbogen wurde.

„Okay! Okay, stopp!", flehte Kira, in deren Augen Tränen schimmerten. „Lass ihn zuerst gehen und ich werde mit dir kommen."

Rezeal grinste und zeigte Kira eine Reihe perfekter weißer Zähne. Er ließ Asher zu Boden fallen. Das schreckliche Geräusch des Löwen, der auf den Zementboden knallte, brachte Kira beinahe dazu, sich zu übergeben.

Jetzt.

Rezeal drehte sich um und breitet seine Arme weit aus. Seine ausholende Handbewegung zerteilte irgendwie die Luft und erschuf ein gähnendes schwarzes Portal. Während Kira mit großen Augen zusah, erwachte das Portal flackernd zum Leben und gewährte ihr einen Blick auf das, was auf der anderen Seite lag. Zuerst sah sie Flammen, orange und blau und weiß und schwarz, die am Fuße eines riesigen Berges brannten und zischten. Hinter dem Berg befand sich der Himmel blutrot und unheimlich. Ein kurviger, grausam steiler Pfad war in die Bergflanke gebaut worden und Kira konnte geisterhafte graue Formen sehen, die mit ihren Klauen kratzten und vorwärts krochen in dem aussichtslosen Unterfangen, den Pfad zu erklimmen.

Auf dem Berggipfel entdeckte Kira die riesigen weißen Umrisse einer ausladenden Villa, reiner und makellos weißer Marmor, der in starkem Kontrast zu dem dunklen Chaos darunter und dem mörderischen Himmel darüber stand.

Das Haus des Meisters.

Kira machte einen Satz, als sich Rezeals Finger um ihren Arm schlossen, denn seine Berührung schickte eine weitere Übelkeitswelle durch ihren Körper. Seine dunkle Magie kroch über ihre Haut, ließ Gänsehaut entstehen und gab ihr das Gefühl, beschmutzt worden zu sein. Seine Berührung bewirkte jedoch noch mehr als das. Sie entzog Kira auch ihren freien Willen und verlieh Rezeal eine seltsame Art von Kontrolle über ihren Körper.

Ihr Kopf flog nach hinten, sodass ihre Augen in sein hübsches, engelhaftes Gesicht starrten. Ihre Lippen teilten sich, als sich Rezeal nach unten beugte und seinen Mund auf ihren presste. Der Kuss war keusch, aber er dauerte an und an. Rezeal zog Kira nah zu sich, seine Brust bebte vor Aufregung und sein Griff um ihre Taille war beinahe schmerzhaft.

Innerlich schrie Kira.

Als Rezeal sie endlich freigab und zum Portal wandte, kam wieder Leben in Kira. Sie schaute zu ihrem Vater, schaute zu dem wahrhaftigen Tor zur Hölle, das sie erwartete, und wusste, dass sie keinen Moment länger warten konnte.

Sie schob ihre Hand in ihre Tasche und zog das Stück schwarzer Seide heraus, das ihre Großmutter ihr hinterlassen hatte. Da sie nicht um seinen Zweck gewusst hatte, hatte Kira es immer am Körper getragen, seit sie es erhalten hatte. Jetzt wusste sie zweifelsfrei, warum Oma Louise es Kira gegeben hatte.

Sie stieß ihren Arm tief in den Beutel und riss die Klinge heraus. Rezeal drehte sich um, seine Augen landeten auf der Klinge, die Kira in beiden Händen hielt und hochhob. Sie war keine Schwertkämpferin, aber das Schwert führte sich beinahe von allein, während sie ihren Körper zu ihrem Vater schleppte.

MEREDITH –

Sein Schrei riss ab, als Kira die Klinge in Rezeals Bauch rammte und es ohne Weiteres bis zum Heft in ihm versenkte. Rezeals Mund öffnete und schloss sich in einem lautlosen Moment des Schocks, sein Gesicht eine Miene absoluter Ungläubigkeit.

„Ich bin nicht Meredith", höhnte Kira, während die dunkle, wütende Energie des Schwertes sie überschwemmte. „Mein ganzes Leben lang habe ich mich nach meiner Mutter gesehnt. War wütend auf sie, weil sie mich verlassen hat, so dumm sich das auch anhört. Heute allerdings… heute ist das erste Mal, dass ich sie bemitleide. Welche Frau würde an dich gebunden sein wollen, Rezeal?"

Rezeals Blick bohrte sich in ihren, aber Kira weigerte sich, zurückzuzucken.

„Ich verbanne dich", sagte sie Zähne knirschend. „Nicht in den Himmel, nicht in die Hölle. Nicht ins Fegefeuer. Ich möchte, dass du verschwindest, Rezeal. Ich möchte, dass du aufhörst zu existieren und aus meinem Leben verschwindest. Du warst allmächtig. Jetzt bist du nichts. Du bist Staub, der durchs Universum wirbelt und sich nie wieder zusammensetzen wird. Geh hinfort!"

Kira zog das Schwert zurück und befreite es von Rezeals Körper. Einen furchterregenden Moment passierte gar nichts. Kira dachte schon, dass er heilen, dass er sich auf sie stürzen, dass er sie in die Unterwelt zerren und nie wieder gehen lassen würde.

Dann sah sie es. Winzige Risse begannen sich um Rezeals Mund zu formen, als er ihn zu einem stummen Schrei öffnete. Eintausend hauchzarter Risse breiteten sich auf seinem Gesicht aus, unendlich kleine Flöckchen schälten sich ab und flogen davon. Ein hungriger schwarzer Strudel bildete sich, während sich die Risse auf seinem ganzen Körper ausbreiteten, splitterten und zerbrachen. Innerhalb kürzester Zeit war nichts von Rezeal übrig außer ein paar einsamen Staubkörnchen, die langsam zu Boden sanken.

Das Schwert lag schwer in Kiras Hand, die bösartige Energie brodelte durch ihre Adern und brachte ihre Handfläche zum Kribbeln. Sie wollte es am allerliebsten fallen lassen, auf ihre Knie sinken und sich ausruhen. Sie war so erschöpft, so unfassbar müde, so überwältigt…

Stattdessen griff sie nach unten und hob den Seidenbeutel auf. Sie kämpfte gegen die Macht des Schwertes an, während sie es zurück in den Beutel schob. Die gleiche Magie, die es mühelos in Rezeals Brust geführt hatte, lehnte sich jetzt gegen Kira auf in dem verzweifelten Bemühen, im Reich der Menschen zu bleiben.

Allein aus diesem Grund kämpfte Kira zurück. Mit jedem Willensfunken, der in ihrer Seele noch übrig war, stieß sie das Schwert zurück in den Beutel und zog die Öffnung zu. Sie sackte beinahe in sich zusammen, als die Macht des Schwertes verflog. Als sie aufsah, erhob sich Pere Mal auf der anderen Seite des Markts gerade auf die Füße.

„WAGE es ja nicht, noch einmal den Wächtern zu nahe zu kommen!", brüllte Kira ihn an. „Ich werde mir eine sehr viel schlimmere Methode überlegen, um dieses Schwert gegen dich einzusetzen. Das kann ich dir versprechen."

Pere Mal blickte mit einer Grimasse zu ihr hoch, dann schüttelte er den Kopf und lief aus dem Markt.

„Kira."

Mere Maries panische Stimme veranlasste Kira dazu, sich umzudrehen, während Angst ihren Herzschlag beschleunigte. Mere Marie kniete vor Asher und tätschelte die riesige Hüfte des goldenen Löwen.

„Nein", hauchte Kira und rannte an Ashers Seite. Selbst an seiner Löwengestalt konnte Kira erkennen, dass er schlimm verwundet war, seine Knochen gebrochen waren und Blut aus mehreren Wunden strömte. Sie sank auf ihre Knie und verdrängte die intensive Erschöpfung, während sie sich uber ihn beugte, um ihr Gesicht an seine Brust zu pressen.

Sie schloss die Augen, suchte nach ihrem Gefährtenband und griff nach ihm. Sie fühlte den leisesten Hauch des Erkennens, dann verblasste er. Kira *fühlte*, wie Asher ging, spürte, wie sein Geist ihr entglitt und der Welt der Menschen entfloh.

Kira zögerte keinen einzigen Moment, obwohl sie keine Ahnung hatte, wie die Konsequenzen aussehen würden…

Sie ließ ihren Kopf nach hinten fallen und öffnete ihre Arme in einem stummen Gruß zum Himmel. Sie schickte eine wortlose Bitte hinaus ins Universum, in die sie all ihre Macht und Angst und Wut legte. Anschließend suchte sie nach dem Vorhang, den sie damals auf dem Friedhof gesehen hatte, die nebulöse Barriere, von der sie jetzt wusste, dass sie der Schleier war.

Als sie ihn heraufbeschwor, erschien der Schleier. Kira stieß ihre Hände ohne zu zögern nach vorne und riss ein großes Loch in den Schleier. Es war so groß, dass sie hindurchlaufen konnte. Schluckend streckte sie eine Hand hindurch und staunte, wie schwer und kalt sich die Luft auf der anderen Seite anfühlte.

In dem Moment, in dem sie anfing durch den Schleier zu treten, passierte etwas Merkwürdiges. Einige geisterhafte graue Gestalten erschienen und musterten Kira eindringlich. Während sie weiterging, huschten sie nach vorne und glitten durch den Riss, wobei jeder wie ein eisiger Schauder an ihr vorbeizog. Sie sah zurück, aber die Gestalten schwebten bereits davon, um zu tun, was auch immer Geister taten…

Kira schüttelte sich, wandte sich wieder zum Schleier um und schloss die Augen. Asher befand sich genau auf der anderen Seite, war fast so nah, dass sie ihn berühren konnte. Sie konnte ihn fühlen… beinahe.

Abermals tief einatmend trat Kira durch den Schleier und verließ das Reich der Menschen.

15

Der Mann stand am felsigen Ufer eines großen, ruhigen Sees. Zu seiner Linken stand ein graziler, gigantischer Apfelbaum, dessen Blätter in der zartesten Schattierung von Grün schimmerten, die Früchte rot und glänzend wie frisches Blut. Die Früchte anzuschauen, brannte in den Augen des Mannes und zeigte ihm auf, dass die ganze Welt jegliche Farbe verloren hatte. Als er auf seine Hände hinabsah, hatten sie einen gruseligen Grauton angenommen, der beinahe der Rinde des Baumes entsprach.

Auf seiner linken Hand war eine Zeichnung, ein dunkel umrissenes Tattoo eines Vogels. Das Tattoo anzustarren, sorgte dafür, dass sich etwas in der Brust des Mannes zusammenzog und zugleich flatterte, aber er kam bei bestem Willen nicht darauf, was das zu bedeuten hatte.

Stirnrunzelnd hob der Mann seine Hand, um seinen Blick vor der hellen silbernen Sonne am Horizont abzuschirmen. In der Ferne glaubte er eine Bergkette ausmachen zu können, aber sie war viel zu weit entfernt, als dass er mehr als einen vagen Umriss vor dem Himmel erkennen hätte können.

Warum war er nochmal hier?

Der Mann fühlte, dass er zu diesem Zeitpunkt eigentlich nicht an diesem Ort sein sollte, aber er hatte keine Ahnung warum. Wenn er genauer darüber nachdachte, dann war er sich nicht einmal sicher, wer er war und noch viel weniger, was er tun sollte, anstatt hier zu stehen und auf den See hinaus zu schauen.

Als er seinen Blick senkte, bemerkte der Mann, dass sich die spiegelglatte Oberfläche des Sees sanft kräuselte. Den Kopf schieflegend beobachtete er aufmerksam, wie das Wasser wirbelte und sich bewegte, um ihm ein Bild zu präsentieren. *Wie ein magischer Spiegel*, dachte er. Oder wohl eher eintausend magische Spiegel.

Der See begann ein Bild zu formen und der Mann erkannte recht schnell, dass er sich selbst beobachtete, Bruchstücke und Fetzen seiner eigenen Lebensgeschichte. Er wusste nicht viel über seine Geschichte, aber während er zusah, konnte er einen Teil davon für sich entwirren.

Da war der Mann, der ein atemberaubend hübsches Mädchen anstarrte. Sie war jung, jünger als der Mann. Der Mann im See starrte sie mit so schmerzhafter, intensiver Sehnsucht an... Dann wandte er sich ab, schüttelte den Kopf.

Die Szene veränderte sich. Der Mann marschierte durch einen dichten Dschungel und hielt ein schwarzes Automatikgewehr in einer Hand und eine Machete in der anderen. Drei Männer mit schwarzen Streifen im Gesicht sprangen aus den Büschen und vor ihn, schossen auf ihn und der Mann fiel.

Als er so dastand und zuschaute, hob der Mann seine Hand und berührte seine Brust dort, wo die Kugeln sie getroffen hatten, während er einen vertrauten Schmerzensstich verspürte. Er schnitt eine Grimasse, aber der See war noch nicht fertig mit ihm.

Die hübsche Blondine erschien wieder, dieses Mal etwas

älter. Sie hatte an all den richtigen Stellen schöne Kurven bekommen. Der Mann sah sich selbst, wie er sie an einem makellos gepflegten Rasen abholte, sah, wie er sie mit leidenschaftlichem Hunger küsste und er sah auch, wie er sie fest an sich drückte, während sie schlief.

Seine Brust schmerzte wieder, aber dieses Mal war es anders. Es war keine körperliche Wunde, vielleicht… eher eine Wunde des Herzens. Der Mann zuckte bei diesem Gedanken zusammen, was ihm so gar nicht… ähnlich sah.

Woher wusste er, wie er war? Er kannte nicht einmal seinen Namen…

Kopfschüttelnd wandte sich der Mann von dem See ab, während sich seine Brust mit jedem vergehenden Moment enger zusammenzog. Zu seinem Schock stand ein kleines Mädchen direkt hinter ihm und starrte mit den wunder-schönsten babyblauen Augen, die er jemals gesehen hatte, zu ihm hoch. Ihr herzförmiges Gesicht wurde von weichen goldenen Locken umrahmt, ihre strahlend blauen Augen waren gesäumt von dunklen Wimpern…

Die blonde Frau. Das war ihre Tochter. Der Mann wusste überhaupt nichts, aber er hätte sein Leben auf diese Tatsache verwettet.

Er versuchte, seinen Mund zu öffnen, um mit ihr zu reden, aber seine Lippen wollten ihm einfach nicht gehor-chen. Der Mann hob seine Hände in einer Geste der Hilflo-sigkeit. Das kleine Mädchen schenkte ihm ein kurzes, angespanntes Lächeln und streckte ihre Hand aus, um seine kurz anzutippen. Dann deutete sie nach links und lenkte die Aufmerksamkeit des Mannes dorthin.

Eine feste graue Wand erhob sich dort, gebaut aus wallendem, waberndem Nebel. Er schwebte dort einfach nur, wartete. Der Nebel wirkte vertraut, aber die Härchen im Nacken des Mannes stellten sich bei dessen Anblick auf. Eine Gefahr, vielleicht. Aller mindestens Unsicherheit.

Als der Mann zurückschaute, war das Mädchen fort.

Eine weiße Taube erschien in seinem Sichtfeld und flog in die entgegengesetzte Richtung des Nebels. Als der Mann in diese Richtung blickte, war dort ein leuchtendes weißes Portal. Er kniff die Augen zusammen in dem Versuch, besser zu sehen, aber er konnte nichts erkennen. Er hätte jedoch schwören können...

Für eine Sekunde dachte er, hätte er das Lachen eines Kindes gehört. Ein zarter Duft schwebte zu ihm, etwas wie der Geruch frisch gebackenen Brotes... Das Licht schien nach ihm zu greifen und zum ersten Mal registrierte der Mann, wie kalt ihm war, dass seine Finger sogar taub waren. Das Licht wirkte so warm und freundlich...

Der Wind nahm an Fahrt auf und ein Blatt flog vorbei, was ihn an den Baum und See erinnerte. Sich auf der Stelle drehend entdeckte der Mann, dass die Welt zu Eis wurde. Die Sonne war verblasst, der Baum hatte alle Blätter und Früchte verloren, die der kühle Wind mit sich forttrug. An den Seeufern begann sich Eis zu formen, das immer mehr von dem See Besitz ergriff und die Wellen zu einem festen Bild gefror.

Der Mann. Die hübsche Blondine. Der Mann lag auf dem Boden, die Blondine schluchzte über seiner reglosen Gestalt. Blut, so viel Blut...

Ein ganz leiser Laut weckte seine Aufmerksamkeit, ein Flüstern, beinahe verloren im Wind. Der Mann versuchte sich zu konzentrieren, versuchte zu lauschen. Es klang so lieblich...

Er drehte sich zu dem weißen Portal in dem Bemühen, den Laut zu lokalisieren. Abermals lockte es ihn. Frisch gemähtes Gras. Eine Note einer lang vergessenen Melodie. Und diese Wärme, die ihm anbot ihn von diesem kalten, sterbenden Ort wegzubringen...

Asher.

Gerade als sich der Mann auf die weiße Wärme zubewegen wollte, hörte er den Laut erneut. Dieses Mal lauter. Ein einzelnes Wort, aber…

Der Mann wandte sich von dem Licht ab und hatte Probleme, sich zu bewegen. Das Eis vom See erreichte jetzt auch ihn, kroch über den Boden und seine Beine hoch.

Kalt, so kalt.

Asher!

Da… der Mann sah zu dem Nebel und dort war sie. Seine hübsche Blondine. Eine Hand im Nebel verankert, die andere in seine Richtung ausgestreckt. Sie bewegte sich wie in Zeitlupe, ihr Mund arbeitete stumm.

Asher, bitte!, erklang ihr tonloser Schrei. *Verlass mich nicht!*

Etwas in der Brust des Mannes hämmerte stumpf, ein Zeichen eines bevorstehenden Schmerzes. Er zögerte. Er war einfach so müde und das weiße Portal hatte so wundervoll und ruhig gewirkt…

Bitte! Asher, ich liebe dich!

Der Blick des Mannes schnellte zurück zu der Frau. Noch vor einem Moment war sie lebhaft gefärbt gewesen, aber jetzt konnte er sehen, dass die eisig graue Welt sie jeglicher Farbe beraubte. Ihr Mund bewegte sich und der Mann konnte ihre Stimme beinahe hören, aber der Wind blies ihre Worte hinfort.

Ich liebe dich.

Der Mann konnte ihr nicht widerstehen. Sie war in Gefahr, seine Blondine. Sie brauchte ihn, brauchte etwas von ihm…

Allen Widrigkeiten strotzend, fing der Mann an, sich auf sie zuzubewegen. Ihre Augen leuchteten aufgeregt auf, ihre Stimme echote in seinen Ohren über das Klopfgeräusch hinweg, das immer lauter wurde, um die ganze Welt zu übertönen.

Klopf. Klopf. Klopf.

Dann, *Ja, Ash! So ist's richtig!*

Fast da… er griff nach ihren ausgestreckten Fingern,

schob sich weiter. Er spürte Eiswasser zu seinen Füßen aufwallen, als würde er irgendwie bis zu den Knien in einem reißenden Fluss stehen. Das Wasser zerrte an ihm und versuchte ihn unterzuziehen.

Es wäre so einfach…

Nein. Die Frau brauchte ihn. Er brauchte sie auch. Musste sie berühren, ihre ausgestreckte Hand nehmen…

Seine tauben Finger erwischten ihre, die so heiß waren, dass er sie beinahe losließ. Bevor er reagieren konnte, hatte sie sein Handgelenk mit einem brennenden Griff umfasst und riss ihn näher zu sich, wobei sich ihre Brust vor offenkundiger Anstrengung hob.

Kira. Kira… „Kira?"

„Ja, Baby", sagte sie. „Komm mit mir, okay?"

Asher ließ sich von ihr in den Nebel ziehen, seine Augen fielen langsam zu.

„Ich hab dich, okay?", flüsterte Kira in sein Ohr und ihre Arme schlossen sich um seine Schultern.

Daran zweifelte Asher nicht einen Moment.

16

Asher erwachte mit einem Ruck, drehte sich um und hustete, während er um Atem rang. Als er seine Augen öffnete, fand er sich in seinem Bett wieder, von wo aus er direkt auf eine ebenso verblüffte Kira starrte. Ein dicker Stapel Decken lag über ihren Körpern, die so über ihnen ausgebreitet worden waren, dass er nur ihr Gesicht sehen konnte.

„Ich habe es geschafft", keuchte sie, ihre Stimme ein heiseres Flüstern. „Du bist immer noch hier."

Asher schob die Decken mit einem Grunzen von sich. Seine Muskeln waren eigenartig schwach. Er griff nach Kira und ein Stöhnen entwich seinen Lippen, als seine Finger sich um ihre Arme schlossen. Sie war fest, real, greifbar.

„Wo… was…", murmelte Asher und unterbrach seinen eigenen Gedankenknäul, indem er Kira direkt an seinen Körper zog. Sie erschauderte unter seiner Berührung. Ihre Haut fühlte sich an seiner eigenen fieberheiß an.

Oder nein… eigentlich verhielt es sich so, dass sein Körper eiskalt war und ihrer bloß warm.

„Ash", sagte Kira, in deren Augen unvergossene Tränen schimmerten. „Du warst – "

Asher drückte seine Lippen auf ihre, sehnte sich nach mehr. Mehr von ihrer Wärme, mehr von ihren Berührungen. Sehnte sich verzweifelt nach Bestätigung. Dieser Ort, der eisige See…

Er musste nicht wissen, wo sich dieser befand oder was es zu bedeuten hatte. Er verstand bereits alles, was er wissen musste. Er war so, so weit von Kira entfernt gewesen und er würde das nie wieder zulassen.

Seine Lippen und Zunge erkundeten Kira mit drängenden Bewegungen. Sie schmolz an ihm, wand einen Arm um seinen Hals und presste ihre Brüste an seine Brust. Sie trug ein dünnes T-Shirt und Baumwollschlafhosen, die Gleichen wie Asher, und diese Stoffschicht zwischen ihnen erzürnte ihn.

Er löste sich von ihr, um ihr die Kleider auszuziehen und anschließend seine eigenen. Daraufhin drehte sich Asher mit Kira herum, bis sein großer Körper ihren kleineren bedeckte. Seine Hand umfing eine volle Brust, während er an ihrer Unterlippe knabberte und seine Härte dick und beharrlich gegen ihren Bauch drückte.

Er zog eine Spur Küsse ihren Kiefer entlang bis zu ihrem Ohrläppchen, knabberte und neckte, bis Kiras atemlose, lustvolle Seufzer die Luft füllten, bis sie ihm ihr Becken entgegen reckte, suchend. Er hielt für den Bruchteil einer Sekunde inne und rief sich einen Moment am See in Erinnerung.

Das einzig Gute, das dort passiert war.

„Du liebst mich", erinnerte sich Asher und senkte seinen Mund, bis seine Lippen das Gefährtenmal auf ihrem Hals fanden. Sein Mal. Seine Gefährtin.

„Ash – ", stöhnte Kira mit rauer und hungriger Stimme.

„Sag es mir nochmal, Kira."

Ash streichelte mit seiner Hand ihren Körper hinab,

über ihren Schenkel. Er schob ihre Knie weit auseinander, packte seine Erektion und führte die pulsierende Spitze an ihren Eingang. Er unterdrückte ein leidenschaftliches Knurren, als er sie feucht und bereit vorfand.

„Asher!", rief Kira, die sich mit einer Hand an seine Schulter klammerte und versuchte, ihn näher zu ziehen.

„Ich liebe dich, Kira", brummte Asher und eroberte ihre Lippen ein weiteres Mal.

„Asher, bitte!", flehte Kira, als er sich erneut zurückzog und ihr Gesicht eindringlich musterte.

„Sag es mir, Kira. Sag die Worte." Er drang nur den Hauch eines Zentimeters in sie in dem Wissen, sie zu quälen, aber er brauchte es, dass sie ihm vorher die Worte sagte.

„Ich – ich liebe dich, Ash", sagte sie und schrie bei der letzten Silbe auf, als Asher sich tief in sie stieß und mit einem einzigen harten Stoß füllte.

Sie liebte ihn.

Asher erhob sich und packte ihre Hüften, reagierte auf Kiras Worte, indem er ihr die grobe, schnelle, harte Verbindung schenkte, die sie beide so sehr brauchten. Er bewahrte seine Selbstbeherrschung, beobachtete, wie Kira unter seiner Aufmerksamkeit erblühte, wie ihre fantastischen Brüste hüpften und sich ihr Gesicht vor Leidenschaft rötete. Sie kam ihm bei jedem Stoß entgegen, nahm alles und gab ihm alles, das sie hatte, offen und begierig und verflucht hübsch.

Niemand konnte jemals so hübsch sein wie Kira in diesem Moment.

Ihr Körper spannte sich an, als ihr Vergnügen ungeahnte Höhen erreichte. Asher konnte spüren, wie sich die Spannung in ihren Muskeln aufbaute, spürte, dass ihre heiße, enge Scheide seine Härte fester und fester packte, bis er dachte, er würde aufgrund dieser Perfektion sterben.

Er schob seine Hand zwischen ihre Körper und rieb

mit seinem Daumen über ihre Klit, während er sie vögelte, zog kleine Kreise auf ihrer empfindlichen Perle. Innerhalb eines Wimpernschlags zog sich Kira zusammen und schrie seinen Namen, während ihre Nägel seinen Rücken und Hüfte zerkratzten, wo sie sich an seinen Körper krallte.

Während sie in lustvollen Sphären schwebte, ließ Asher los. Seine Gedanken setzten aus und er spürte diese bestimmte Explosion überwältigender Ekstase, die er stets nur bei seiner Gefährtin empfand. Er ergoss sich in seine Gefährtin, seine letzten Stöße heiß und schwer mit Samen, die ihn von innen heraus verbrannten, bis er dachte, er würde daran sterben.

Erst dann brach Asher zusammen, darauf bedacht, sich auf seine Seite zu rollen, wobei er Kira mit sich nahm. Jetzt da sie in seinen Armen lag, würde er nie wieder so dumm sein, sie gehen zu lassen.

Nichts in der Welt würde jemals wieder zwischen Asher und seiner Gefährtin stehen. Niemals.

Sein Gesicht an Kiras Hals vergrabend, atmete Ascher ihren süßen Duft tief ein und genoss ihre Gegenwart. So lagen sie die längste Zeit da und Asher konnte sich nicht erinnern, jemals so zufrieden gewesen zu sein.

Sich sicher zu fühlen, zum ersten Mal in seinem ganzen verdammten Leben.

Nach einer gefühlten Ewigkeit durchbrach Kira die Stille.

„Du bist gestorben."

Einfach so, eine direkte Feststellung. Kein Schönreden, nur… die Wahrheit.

Asher drückte einen Kuss auf ihren Hals und hob dann seinen Kopf, um sie richtig ansehen zu können.

„Wohin bist du… gegangen?", fragte Kira mit großen Augen. Sie wirkte so zerbrechlich, obwohl Asher gesehen hatte, wie sie den größten aller Gegner vernichtet hatte.

Weich und hart, sanft und brutal. Das war seine Gefährtin, voller Gegensätze.

Gott, sie war perfekt.

„Ich denke… ich wusste nicht, wo ich war", sagte er in dem Versuch, es ihr zu erklären. „Ich wusste nicht, *wer* ich war. Mir war einfach nur… kalt."

„Ich dachte, du wärst tot", erwiderte Kira, deren Stimme beim letzten Wort bebte.

Asher holte tief Luft, ehe er ihr antwortete.

„Das war ich. Ich denke, das war ich. Aber… ich hörte deine Stimme und ich konnte nicht gehen. Ich wollte weitergehen zur… nächsten Welt, was auch immer das ist. Aber ich konnte dich nicht verlassen", erklärte er. Seine Hände zitterten an Kiras Taille, aber er hielt sie einfach noch ein bisschen fester.

Kira streifte seine Lippen mit ihren. Das Zittern verebbte.

„Wir müssen nicht mehr darüber reden", versprach sie, ihre Stimme nach wie vor rau. „Du bist zu mir zurückgekommen. Das ist das Einzige, das mich interessiert."

„Verdammt, Kira. Du machst mich ganz emotional", beschwerte sich Asher, der spürte, wie sein Herz zusammengequetscht wurde.

„Das ist nicht meine Schuld. Ihr Männer seid wie Schildkröten", scherzte Kira. „Je härter die Schale, desto weicher das Innenleben."

„Mmh", sagte Asher, der diese Aussage nicht mit einer richtigen Antwort würdigen würde. Kira verstummte eine lange Zeit und Asher konnte die Rädchen praktisch in ihrem Kopf rattern hören. „Was ist los?"

„Nun… ich habe mich nur gefragt…" Kira holte tief Luft. „Wie lange genau hat dich Mere Marie? In ihren Diensten, meine ich."

Asher blinzelte überrascht.

„Äh… bin mir nicht sicher. Ich meine, theoretisch… ich

denke, als ihr Zauber brach, endete auch unser Deal. Warum?"

„Ich dachte nur über davor nach, als wir darüber redeten, irgendwo anders neu anzufangen", sagte sie.

„Irgendwo in der Nähe vom Meer, wo es nicht zu heiß ist", meinte Asher und nickte langsam.

„Ja", stimmte Kira zu und kaute auf ihrer Unterlippe.

„Ich mag zwar nicht mehr in Mere Maries Schuld stehen, aber wir können noch nicht gehen. Dein Vater ist tot, aber der Mann, der ihn heraufbeschworen hat, lebt immer noch und treibt irgendwo sein Unwesen. Leider", murrte Asher.

„Pere Mal, meinst du."

Asher nickte.

„Ich kann die Wächter noch nicht verlassen. Bald, ja. Aber fürs Erste… denke ich, dass sie mich brauchen." Asher machte eine Pause. „Tatsächlich bist du eintausend Mal mächtiger als ich. Ich schätze, die Wächter brauchen dich viel dringender als mich."

Kira kicherte und schüttelte den Kopf.

„Ich kann meine Kräfte kaum nutzen."

„Da muss ich doch widersprechen. Ich denke, ich habe dich dabei beobachtet, wie du einen Todesengel verbannt hast", merkte Asher an.

„Okay, dann kann ich sie eben kaum kontrollieren. Ich bin eine wandelnde Gefahr."

„Du? Niemals", widersprach Asher und vergrub wieder seinen Kopf an ihrem Hals. Sie schwiegen eine Weile. Es war eine angenehme Art von Stille, als Asher plötzlich realisierte, dass er ihre zugrundeliegende Frage nicht wirklich beantwortet hatte. „Kira?"

„Ja?" Ihre Stimme klang schläfrig, ihr Körper war so weich wie Butter an seinem.

„Bald, Baby. Ich verspreche, dass wir, wenn das hier

vorbei ist, gehen werden, wohin du willst. Wir müssen Louisiana nie wiedersehen, wenn du es nicht möchtest."

Kira stieß einen zufriedenen Seufzer aus

„Ich weiß es nicht, New Orleans ist ganz in Ordnung", sagte sie. „Zu viele Bösewichte, aber es ist verdammt hübsch. Union City kann mir aber gestohlen bleiben."

„Ich werde es mir merken."

Asher gluckste, hielt sie dicht bei sich und lauschte, wie sie in den Schlaf glitt. Zum ersten Mal, seit er sich erinnern konnte, war alles richtig in seiner Welt. Nichts lauerte hinter der nächsten Ecke, nichts hielt ihn von seiner Gefährtin fern, nichts hinderte ihn an einem tiefen und traumlosen Schlaf.

Mit einem Lächeln auf den Lippen schlief Asher ein. Sein letzter Gedanke galt dem Fakt, dass Kira ihn endlich befreit hatte, für immer.

SCHNAPP DIR EIN KOSTENLOSES BUCH!

MELDE DICH FÜR MEINEN NEWSLETTER AN UND ERFAHRE ALS ERSTE(R) VON NEUEN VERÖFFENTLICHUNGEN, KOSTENLOSEN BÜCHERN, RABATTAKTIONEN UND ANDEREN GEWINNSPIELEN.

kostenloseparanormaleromantik.com

AUSSCHNITT KAYLA GABRIEL

Kayla Gabriel lebt in der Wildnis Minnesotas, wo sie, das schwört sie, Gestaltwandler in den Wäldern hinter ihrem Garten sieht. Ihre liebsten Sachen auf der ganzen Welt sind Mini-Marshmallows, Kaffee und wenn Leute ihren Blinker benutzen.

Tritt mit Kayla via E-Mail in Kontakt: kaylagabrielauthor@gmail.com und vergiss nicht, dir ihr KOSTENLOSES Buch zu sichern: http://kostenloseparanormaleromantik.com

http://kaylagabriel.com